新 潮 文 庫

ウィステリアと三人の女たち

川上未映子著

新 潮 社 版

11439

目次

彼女と彼女の記憶について …… 7
シャンデリア …… 55
マリーの愛の証明 …… 95
ウィステリアと三人の女たち …… 121

ウィステリアと三人の女たち

彼女と彼女の記憶について

記憶に、もしもかたちというものがあったとしたら、箱、っていうのはひとつ、あるかもしれないなとは思う。もちろんそれがありふれた発想すぎるってことはわかってるけれど、でも、ありふれた発想だからって、それがいつだって本当のことからいちばん遠いとはかぎらない。だってわたしたちは多かれ少なかれ、ありふれた顔と体をもって生まれてきて、ありふれた人たちと出会ったり別れたりしてそのつどありふれた問題を抱えこんで、さらにありふれた疲弊をくっつけながら生きていて、そして、一人残らず死んでゆくんだから。確実に。つまり、生きてるだけで、ありふれているってことからは誰一人として免れられないんじゃないかっていうこと。なんていうか、物ごとのそもそもの成り立ちかたとして。

だからわたしが記憶について、箱っていう、ごくありふれたかたちを思い浮かべたとしても、そのことについて恥じる必要はたぶんひとつもないと思う。もしなにか問題があるとしたら（それだってすごく個人的な問題だけど）、それは、その箱がいつだって、自分の外側にしかないんだってこと。そう、たとえば自分のなかに無数の箱があって、気が向いたときに取りだして適当に埃《ほこり》を払って蓋《ふた》をあけて、好きなときに鑑賞したり、確認したり、そんなふうに扱ったりできるものじゃないってことで、箱はいつも自分じゃないところに存在していて、ある日とつぜん知らない誰かから不意に手渡されるようにしてやってくる。これ、あなたのでしたよね？お忘れですよ。あるいは、怒ったような顔をした誰かと出会い頭にぶつかって、そのまま胸の真ん中に突きつけられるようにして届く。またあるいは、気がつけば足下に箱だけが置かれていて、顔をあげてふりむいたところで、もう誰の影も残っていないような、そんな感じで。

　そのときわたしに届けられた箱っていうのがどんなかたちをしたどんな大きさのものだったかはうまく言えないけれど、でも箱はちゃんと届けられた。

ふつうに考えれば、顔も覚えていない、もちろん会いたい人なんてひとりもいない、どこをどう探したって共通の話題があるとも思えない、田舎町で開かれる同窓会なんてものにどうして出てみようなんていう気になったのかは、自分でもよくわからない。中学校を卒業したその春にわたしの実家はよそに移ってそれから町には一度だって足を運んでいないし、親戚《しんせき》が住んでいるわけでもないし、友だちだって大げさじゃなくってひとりもいない。もちろん、心温まる思い出みたいなものだってひとつもない。その町とわたしを結びつけるものなんてもう何も残っていないのに、どうしてそんな町で開かれる集まりに顔を出してみようなんていう気になったのだろう？

それは単なる好奇心ってやつと、ただそのとき時間がちょっとあったってことがすべてなんだけど、もしほかに何か理由があるとしたら、そこに集まる人の誰ひとり、わたしがそんな同窓会に参加するとはきっと思ってもみなかったはずで、そんなわたしがふつうに現れたらそれはそれで少し面白いような気がちょっとしたからかもしれない。まあ、どれにしたって下らない理由だし、これもいちおう好奇心に含まれるとは思うんだけど。だから、どこかの代理業者の作った妙にぺらぺらした紙に刷られた同窓会の知らせが三月の初めに事務所に届いても、出席の返信は出さなかった。なんにも連絡せずに当日とつぜんに行くのが、なんというか、効果的というような気がしたからだった。

わたしはその日のために、ちょっとまえから目をつけていてずいぶん迷っていたバレンシアガの黒のジャケットを買って、バッグはサンローラン、それでジーンズにマノロのヒールをあわせてっていうコーデを頭のなかで何度も思い浮かべてチェックした。時計もピアスもなしで、首には小さなダイヤのついたゴールドの華奢《きゃしゃ》なネックレスだけ。ぜんぶで五十万ちょっとくらい。値段はともかく、こっちのパーティーなんかにはさすがにカジュアルすぎる組みあわせだけど、でも田舎の集まりにはもちろんじゅうぶんすぎるぐらいで、それはいろんな意味で悪くなかった。はじめて会うようなわたしの友人たち。雑誌かネットで見たことくらいはあるだろうけど、彼女たちはきっとバレンシアガなんて着たことも、それからマノロだって履いたこともないにきまっているし（ネットで買ったとしても、そんなのを着ていくところが存在しない）、そんな彼女たちがわたしを見たら、やっぱりすごいな、有名人ってぜんぜん違うよねって話になって——まあそれがなんだってわけでもないんだけれど、でも何かを圧倒的にわからせることにはなるっていうか――差っていうか、違いっていうか、そういうものを？　とにかくそのことでわたしたちがそのときそこに居合わせる唯一《ゆいいつ》の意味が生まれるっていうか、まあそういうことを期待して――わたしは連休前の四月の終わりの土曜日に、新幹線とタクシーを乗り継いで、こんなことでもなければもう名前すら思いだすことだってなかったはずのその町に出かけていったんだった。

会場は人気《ひとけ》のないホテルの宴会場みたいなところで、何もかもがひどかった。田舎だからしょうがない、田舎にしてはまだましなのかもしれない、なんて自分でも気がつかないうちに誰に向かってなのか言い訳までしている始末で、そうでもしないと足を踏み入れたことさえ後悔してしまうような、それはそんなホテルだった。

ロビーに敷かれた絨毯《じゅうたん》はきっと最初はいちおう深紅だったんだろうけれど、すっかり剝《は》げてほとんどが安っぽいピンクになっていたし（ところどころ蛍光色にさえ見えた）、カウンターの脇《わき》には四隅が茶色に変色した巨大なガラスケースがどんと置かれてあって、熊《くま》の剥製《はくせい》みたいなのがそこに押しこめられるようにして展示されていた。そしてその脇にはこれまたばかばかしいほど大きな花瓶にけばけばしい色の毒々した造花が山みたいに飾られてあって、もう何年このままなんだろう？　葉っぱにも花びらにもべっとりとした感じの埃がはりついているのが見えた。

今夜はここで——それがどんなつまらないものであれ、いちおうパーティーがあるっていうのに、ロビーにもどこにも客の姿は誰一人見かけなかった。カウンターにはスーツっぽいのを着た、みるからにぼんやりした男の人がひとりいて、客であるわたしとはっきりと目が合ったはずなのに、会釈《えしゃく》をするどころかごく自然に目をそらしてそれから退屈そうに右手の控室みたいなところに入っていった。わたしは首を振ってため息をつき、一台しかないエレベーターに乗って会場のある階のボタンを押した。ぽーんという音がして降りてみると、そこにもまた人はいなかった。バッグから案内の紙を取りだして念のために確認すると、それはわたしの勘違いで、会場はふたつ下の階にあるみたいだった。

降りていった当のフロアには受付用の長机があって、そこにゆるく巻いた髪を無造作にアップしてところどころにパールのついたピンを留めた——結婚式なんかで必ず見かけるあのヘアスタイルの女の子がふたりいた。女の子っていっても、年齢も見た目も三十をとっくに過ぎてるわけだからおばさんって呼ぶのがまあふつうなんだけれど、いずれにせよ、どちらも若い子がするようなメイクをして（いろいろ言うべきことはあるけど、なによりもまず、つけまつげのチョイスが間違ってる）、どちらも似たようなかっこうをしていた。ノースリーブのドレスふうのワンピースから出た肩にオーガンジーだかなんだかわからないけどふわっとした素材の布をかけるっていう、これも結婚式には必ず見かける感じのやつ。そのたびに、あれって何なんだろうって疑問に思うんだけれど、そういうセンスの人と絡《から》むことってこれまでなかったから、けっきょくあれを何のために肩にかけてるのかはいつまでたってもわからない。

　受付の、向かって右にいる女の子がわたしに気がつくと、一瞬はっと息をのんで、ここに、名前を書いてください、と思いだしたように小さな声で言った。わたしは、来られるかどうかわからなかったから返信できていなかったんですけど、とものすごく感じのいい声でにっこり笑って話しかけた。かつては同級生だったはずのそのふたりの顔を見てみたところで、わたしにはもちろん思いだせない。でも、胸についた名札を見てみると、その漢字の組みあわせには見覚えがあるような気もしなくはなかった。右の女の子がわたしのために即席の名札を作ろうとしてペンをにぎって、それからちょっとためらいがちに、わたしの顔をちらりと見あげた。

……えっと、どっちの名前にするのが、いいのかなあ、本名と、その、今の名前の……。

顔を赤くしながら独り言のように質問したので、そんなのもちろん本名だよお、と気さくな感じで返事をした。そうだよね、そうだよね、とその女の子は何か小さな失敗でもごまかすような明るさで言い、向かって左の女の子もやっぱり隣の子とおなじように頰のあたりを赤くしながら、何にたいしてなのか、ただうんうんと力強く肯《うなず》いているんだった。

会場に入ると、蛍光灯とほとんど変わらない色の照明の下にまるいテーブルがぽんぽんと置かれてあって、はしっこにはいくつかの料理をのせた台とか長テーブルがあって、反対側の壁には椅子《いす》がいくつか並べられていた。わたしはうつむき加減でそちらへ歩いていって、それからいちばんはしっこの椅子に座った。みんな胸のあたりやお腹《なか》のあたりに名札をつけていて、わたしもおなじようにピンで留めた。

何人かがちらちらとこっちを見てるのがわかったけど、わたしは笑顔、ってまではいかない、でもこういうときに浮かべるべき完璧《かんぺき》な微笑《ほほえ》みを維持しながら、誰を見るともなく全体を眺めてるっていう感じで座っていた。立っていないのはわたしだけだった。

　何となく目に入ってくるそれぞれの顔を眺めていると、知ってる、と思える顔がひとつ、またひとつと増えていった。小さな島が海の底からゆっくりと盛りあがってきてその姿を現すように、知らなさのなかから、知っている、という事実がいつのまにか登場して、何かと何かがそっと結びついてゆく感じ。それは何かを思いだすというのともまったく違う感覚で、そんなふうに頭のなかで、ひとつ、ふたつ、と架空の島を数えるわたしをできるだけ見ないようにしながら、けれどもやっぱり意識してる人たちがちらほらいるのもわかったけれど、わたしはそういうことには気づかないふりをして、受け入れと拒否のどちらでもない、あるいはその両方をのせた顔をつくってそのままじっとしていた。きちんとそろえた膝《ひざ》のうえにバッグをのせて、背筋をのばして。

　何人かの教師の挨拶《あいさつ》といくつかの報告のあと、誰かが野太い声で乾杯をさけんで会が始まった。集まったのは七十人。それが多いのか少ないのか、わたしにはまったく見当もつかなかった。しばらくすると、べつべつにかたまっていた男女がなんとなく交ざりだして、おしゃべりの音や食器がぶつかる音なんかがだんだん大きくなって会場は一気に騒がしくなった。たっぷりと時間をおいたあと、わたしも飲み物が置いてあるコーナーまで歩いていってウーロン茶を手にとった。それからまた椅子にもどって黙ってそれを飲んでいると、グリーン系のパワーストーンのネックレスを首にじゃらじゃら巻いた女の子が笑いながら小走りでやってきて、ひさしぶりーと言いながら勢いよく隣に座った。名札を見ると、これもまた見たことのあるようなないようなそんな名前で、わたしはにっこり会釈した。

「まさか来るなんて思ってなかったから、びっくりしたあ」

その女の子はかん高い声を出して、手を口にあてておおげさに驚いてみせた。

「だって、同級生じゃない。ぎりぎりまで予定がわからなかったから連絡できなかったんだけど」

わたしは笑いながらそう言って、ウーロン茶をひとくち飲んだ。

「そうなんだあ。でも会えてうれしいよ。来るって思ってなかったよお」

その女の子は少し興奮しているみたいで、それから両手でもったビールのグラスを胸に押しつけるようなしぐさをしてみせた。

「学生時代の友だちってけっこう貴重だったりするんだよね……おなじ時代のおなじ空気を吸ってたっていうか、そういう意味でね」

「そう、そうなんだよね！　この年になると、そういうことがわかってくるっていうか。ね、こうやって集まると、いろんなことが巻きもどされちゃうよね、わあーって感じで」

わたしはにっこり笑って同意してみせた。

「でもさ、すごいよね、本当に。わたしけっこう自慢してるんだよね、同級生なんだよって言って。あそうそう、いつだったかな、あれ何年前になるのかなもう、ほらあれ、あのドラマ観《み》たよ……タイトルぱっと出てこないけど、家具職人とか出てきて、ほら、主人公の妹役の」

「うそ、あんなの観てくれたの。うれしいな」

「観たよう、観たよう」

「そうなんだ、やってるほうってそういう生の反応っていうのがいまいちわからないから、そう言われるとうれしいよね」

「だよねだよね。でもさあ、最初は一瞬わかんなかったなあ、名前も違ってたし、雰囲気もがらって変わってたから。でも、誰とだったかな、あとでその話になってさ、それでわかったの。でも本当にすごいよね。いつのまにか芸能人になっててさあ」

　女の子はビールをひとくち飲んでから、大きなため息をついた。

「やっぱり全然ちがうもんなあ！　こう、入ってきたときの感じとか。オーラっていうのかな。見えたもんなあ。も、全然ちがうよお」

　べつにそんなことは最初からぜんぶわかってたことではあるんだけれど、でもこういう場所でこういう相手からオーラがあるって言われるのもかなり微妙なものではあるよなとか思いながら、しゃべっている相手のこともいまいち思いだせないまま、その気になればたぶんいつまでだって続けられそうなやりとりをしていると、ひとりまたひとりと手にグラスをもった女の子たちが近づいてきて、わたしのまわりにはちょっとした輪ができはじめていた。彼女たちは携帯電話で一緒に写真を撮りたがったり、ほかの芸能人の噂話《うわさばなし》を聞きたがったり、東京や流行について自分たちが知っていることを話したがった。

楽しそうにはしゃぐ女の子たちは、ちょっと太ってだらしない雰囲気になってるか、けっこう痩《や》せてあちこちが筋ばってて必要以上に老《ふ》けてみえるか、そのどっちかといった印象で、共通しているのは中年っていう言葉が連れてくるイメージそのものだった。結婚してきっと子どもだっているんだろうけど、ろくに運動も努力もしないで好きなときに好きなもの食べて寝たいときに適当に寝て、基本的にだらだらした生活してるんだろうってことがひとめでわかる。メイクだってがんばってるんだろうけど、色も濃さも基本的に間違ってるし、気合いを入れて着てきたはずのワンピースとかブラウスだって見るからにポリエステルの安物で、たぶんお手本にしてる雑誌とか芸能人とかが（もちろん、仮にお手本みたいなものがあるとしての話だけど）完全にずれちゃってるんだな。なかにはこの年でミニ・スカートにニーハイ・ソックスなんていう信じられないかっこうの子もいて、わたしは胸のなかでため息をつきながら、笑顔でウーロン茶を飲みつづけた。

料理や飲み物をとりにいくとき以外、わたしは自分が座っているところにやって来る女の子たちと話すだけで、会場の向こう側にまだかたまっている男子——とはいっても、禿《は》げたり太ったりダブルのスーツを着たりして、もちろん男の子の雰囲気なんてもう微塵《みじん》も残っていない彼らとは、まったく話さなかった。ビールやらワインやらをどんどん飲んで酔った人も多くなってきたのか、まわりの声も大きくなって、ときどきは歓声があがったり——男子の一部なんかは照れ隠しなのか、あるいは本当に頭の中身が中学の頃から変わっていないのか、羽交いじめをしあったりプロレスでもするみたいにふざけあってたりして辟易《へきえき》したけど、まあそれなりに盛りあがってるみたいだった。

　女の子たちと適当に話しながらそういうのを眺めていると、色が黒いうえに顔が赤いので具合が悪いのか酔ってるのか、ぱっと見るだけじゃよくわからない女の子がふらふらやってきた。それからわたしに何か冗談みたいなのを言って、自分でげらげらと笑った。頭のてっぺんに大きな黒いリボンをつけていて、目のあたりと体全体のごつごつした感じに見覚えがあった。テニス部にいて、色が黒くて偉そうで、目立たない女の子たちのなかではわりに目立つほうの女の子だった。彼女はわたしの隣に座り、たらんとした目で、いま何してるの？　と訊《たず》ねてきた。いま？　いまはあなたに話しかけられてるんだけど、と笑顔で答えると、そうじゃなくて、仕事は何してるの？　とアルコールのせいで滑舌が悪くなった口調で訊《き》きかえしてきた。始まってまだそんなに経《た》っていないのに、なぜこんなにも酔っぱらうことができるのだろう。

「っていうか、もうこっちに帰ってきたの？」

「帰ってきたっていうのは？」

「引っ越してきたのお、ってこと」

「ううん、さっき着いて、これが終わったらもどるんだけど？」

「あ、そうなんだあ。最近、っていうかもう何年もさあ、もう全然どこでも見かけなくなっちゃったからさあ、こっちに帰ってきちゃったのかなあって、ふふ、思ったんだけど」

　わたしはにっこりと笑って首を振った。

「っていうかさ、ねえねえ、ふだんって何してるの、いちおう女優って感じの人って」

「ふだん？　ふつうに仕事してるよ」

「仕事って、女優の？」

「そうだよ」

「でもお。もう出てないじゃん。そんなのでいけるの？」

「仕事ってテレビだけじゃないしね、舞台とかは東京じゃないと観られないし」

「舞台かあ、そっかそっか。でもさ、でもさ、それだけじゃあさあ、ねえ、しんどいじゃあん。あ、もしかしてさあ、バイトとかもしないといけない感じだったりするのお、やっぱふつうに。いいな、東京って何だかんだいっていろいろ種類ありそうだしなあ、バイトの。でもいろいろきついよねえ、わたしたちもう年だしさあ」

わたしが黙って笑っていると、まわりにいた女の子たちも最初はそれにあわせて感じよく笑っていたけれど、テニス部の女の子の話が終わりそうにないので、だんだんばつが悪そうな表情になって無言になって、やがてひとりまたひとりと離れていった。

彼女はどこからどう見ても完全に酔っていて、自分が何か言うたびに面白くてしょうがないといったふうに大きな声でうれしそうに笑った。何度座りなおしても膝がだらりとひらいて醜かった。安物のフラットシューズにつっこまれた大きな足の甲には、すり傷なのか打ち身なのか、色素沈着した黒い痕《あと》がいくつもあった。足首のすぐうえから急激に筋肉が発達していて膝から下がとても短く、ふたつ並んだそのぼこぼことしたふくらはぎは売り物にならなかった巨大なさつまいもを思い起こさせた。わたしはしばらく彼女の足を眺めていた。そして世の中には、なぜ美しい足と、そうでない足があるんだろうというようなことをぼんやりと思った。

彼女の話を聞き流しながら、ひとしきり彼女の足を眺めたあと時計を見ると、会が始まってから一時間半が過ぎようとしているところだった。これももちろんわかりきっていたことだったけど、わたしはここに何をしに来たんだったっけ、と、ふとそんなことを思った。そして思わず笑ってしまった。それは、ここにやって来るまえに、もしも、あの——自分にとってはもう過去ですらないような場所の誰でもない人たちの集まりに出かけて行ったとしたら、きっとその場所でわたしはこんな気持ちになるんだろうなって想像していたとおりの気持ちで自分が今いることがあまりにも想像どおりだったからで、そして何よりも、意志とか気分とかそういったものを越えて、ありふれた物ごとが規則正しく、ありふれた道順を辿《たど》ってありふれた着地をむかえるその単純さに、どこか感心すらしていたからだった。

新幹線の時間まで一時間半というところでわたしは席を立って、まだ騒がしい会場を出てトイレに向かった。そのまま帰ってしまうつもりだった。歩きながら携帯電話を確認すると、着信が二件入っていた。両方とも事務所の社長からだった。死ねばいいのに、とわたしは思った。汚い顔、たるんだ腹の皮膚、下劣な笑い声、俗物。死ね。でも、もしあいつが死んだら、わたしはどうやっていけばいいのだろう。短く息を吐き、携帯電話をバッグの底に置いた。

それにしても、とわたしは思った。中学校に通っていた三年ものあいだ、わたしはいったい何をしていたんだろう？　ところどころが変色した絨毯の敷かれた廊下をまっすぐに進みながら、そんなことを考えた。わざわざこんなところにまでやってきて、わざわざ丁寧に話までしたのに、誰一人としてはっきりと思いだせる人はいなかった。みごとなまでに。

わたしには、友だちがいなかったのだろうか？　わからない。いたのかもしれない。でも少なくともそれを思いださせてくれる女の子たちにはただのひとりにだって会えなかったし、友だちがいたとかいなかったとか以前に、考えてみればわたしは十代のあの三年間のことを、どうしてなのかうまく思いだすことができないのだ。

同窓会の知らせを受けとったときもそうだった。思いだそうとするとまるでぶあつい綿の真っ白なシーツに頭からすっぽりと覆《おお》われてしまったように、風景や言葉なんかがふっと消えてなくなってしまう。光の感じから今が昼間だっていうことはわかる。でも自分がどの方向をむいていて、今が何時《いつ》なのかがわからない。具体的なことを思いだそうとすると、とたんに何もかもが白くぼやけて、知らないうちにわたし自身がそこから追いだされてしまうのだ。

トイレの扉を押してなかに入ると洗面台のところに女の子がひとりいて、鏡越しに目があった。お腹のあたりに名札をつけていたけれど、遠くて名前までは読めなかった。

わたしがトイレから出てきても、その女の子はまだ洗面台のまえにいて携帯電話を触っていた。手を洗おうとして隣に並んだとき、また鏡越しに目があった。女の子はひさしぶり、と小さな声で話しかけてきた。彼女は自分の名札を指先でつまんでわたしに見えるように動かしてから、それを読みあげた。わたしもひさしぶり、とにっこり笑って挨拶した。化粧っ気のない、やけに白い肌をした背の低い女の子で、銀縁の楕円形《だえんけい》の華奢な眼鏡をかけていた。度が強いせいかレンズのはしっこの肌の部分が内側にまるく入り込んでいた。洗いっぱなしのような黒髪に白いブラウス。たしか、一年のときにおなじクラスだった女の子だ。彼女は茶色のショルダーバッグに携帯電話をもどすと蛇口をひねって水を出し、それからハンドソープを手のひらにのせてそれを丁寧に泡立てた。わたしはハンカチで手を拭《ふ》きながらその一連の動作を眺めていた。ネイルもアクセサリーもない手で、彼女の体格からするとそれは少し大きすぎるような気がした。

「けっこう集まったと思わない？」

彼女は感じのよい笑顔でそう言った。「わたし、誰ともあんまり仲良くなかったから来てもしょうがないと思って迷ってたんだけど、みんなけっこうふつうだったな。大人になると自然に親切になるのかな。基本的にみんな敬語だったしね」

「敬語だった？　わたしも今日、仲良い子なんていなかったけど、みんなわりに親しげだった気がするけどな」とわたしは言った。

「ああ。それはみんな、あえてそうしたんじゃないの」

それからわたしたちは、かつてどこかで同級生だった人たちがするような他愛のない話をしたけれど、こういう場合にありがちな、誰がいまどこでどうしているとか、あのとき誰と誰がどうだったとか、そんな話にはならなかった。彼女は購買部で売っていたパンの種類のことを話し、保健室の真ん中にあった不思議な柱のことについて話し、それから一年の一学期の美術の時間に写生した神社について話し、そして今からじゃ到底考えられないけれど、ブルマという下着となんら変わらないかっこうで体育をやらされていたということについて話をした。それでわたしは自分が毎日必ずブルマをはいている少女だったことを思いだした。体育のときだけじゃなく、家でも学校でも文字通り朝から晩までわたしは一日も欠かさずにブルマを必ずはいている少女だった。今となってはまったく訳がわからないのだけれど、なぜか当時は下着のままでいるということが、おそらく何よりも堪え難く恥ずかしいことだったのだ。紺色のブルマ。ほんの少しでも下着がはみ出ることが許せなかった意味のわからない習慣。なぜあんな窮屈なものを来る日も来る日も当然のこととしてはきつづけることができたのだろう？　まるで無防備であることが罪でもあるかのように。自分のことながら本当に訳がわからないよねとわたしが言うと、わたしも意味がわからない、と彼女は言って真剣な顔をして肯いた。

ほかにもいくつか話をしたけれど、彼女はわたしとわたしの仕事についてはまったく興味を示さなかった。それからおなじクラスだった一年生のときの担任教師が交通事故で亡《な》くなったことを聞いた。担当科目は音楽。若くて活発な女性の先生だった。大きな飾りのついた髪留めで黒くて多い髪の毛をいつもひとつに束ねているのが印象的だった。教材を抱えて中庭を小走りで横切っている姿が頭に浮かんだ。わたしはそれを校舎の窓から見下ろしたことが何度もあったのだ。

「わたしたちが卒業して、わりにすぐの事故だったみたい。お葬式に行った人もいたんじゃないかな」

「すぐに越しちゃったから知らなかった。いま初めて知ったよ」

「人ってそんなに簡単には死なないってよく言うけど、やっぱり簡単に死ぬのかもね」

「そうかもね。そういえば今日集まったのって七十人って話だったけど、基本的には連絡がつかない人がすごく多かったんだよね」

「うん」

「変な話さ、その——死んじゃったっていうかさ、訃報《ふほう》的なのってあったのかな。

先生以外に。まあまだ若いから、さすがにそれはないかな」

なぜそんなことがとつぜん気になったのかわたし自身にもわからなかった。たぶんさっき彼女から聞いた担任教師の事故死の話がどこかに結びついてそんなことを思いついたんだろうけど、わたしのその質問に、彼女は黙ったまま答えなかった。わたしとしては何気ないふつうの範囲の質問というか、話の流れからいってもまったく場違いなことを話したつもりもなかったので、さっきまで調子良く話していた彼女がそんなふうに黙りこんでしまう意味がわからなかった。彼女は黙ったまま、わたしの目をじっと見ていた。なんて言ったらいいのかわからなくなって、わたしは鼻で小さく息をついた。

「ひとり、死んだよ」

彼女は静かな声でそう言った。そして、誰なの、とわたしが質問するまえに、その女の子の名前を言った。

「黒沢こずえ？」

その名前は知っていたし、顔だってすぐに思いだすことができた。でもそれは、髪をポニーテールにしてランドセルを背負った、まだ幼い表情をした黒沢こずえの顔だった。中学生の彼女の顔を思いだそうとしても、それはどうやってもうまく浮かんでこなかった。

彼女は小学校五年のときにおなじクラスで家が近所だったこともあって一時期とても仲良くしていた女の子だった。よく家にも遊びにゆき、漫画を描いたりフェルトで人形をつくったり、交換日記をしたり、たしかお弁当を作ってふたりで自転車に乗って少し遠くの森林公園まで出かけたこともあった。それなのに、学年があがって六年になると同時になぜかそれまでのようには遊ばなくなってしまった。何があったわけでもなかった。なんとなく違うグループに属するようになり、違う友だちと登下校するようになっていった。やがてわたしたちは小学生ではなくなり、クラスが別れ、ごく自然のなりゆきとして完全に離れてしまった。それが何であるかはうまく説明できないけれど、それは何かがどうしようもなく組み変わってしまう時期で、この年齢の女の子たちには比較的よく起こる変化だったのかもしれない。そして今日、こうして名前を聞くまでわたしは彼女のことをただの一度も思いだすことはなかった。

「いつ亡くなったの？」

「三年前」彼女は即答した。

「黒沢さんって……たしか一年の二学期にはもう学校に来なくなってたでしょう？」

当時のことを思いだしながらわたしは言った。中学にあがってからは顔を合わすことも話すこともなかったけれど、知らないあいだに彼女は学校に来なくなっていたのだ。原因はわからないけれど、たしかそういう噂を耳にしたことがあったのだ。

「三年前っていったら、最近じゃない」

彼女は肯いた。

「病気だったの？　さっきむこうでは誰もそんなこと話してなかったけど、みんなは知らないことなの？」

「わからない。でも病気じゃなかった」

「事故だったの？」

「餓死」

彼女はまるではじめて目にする外国語の単語でも読みあげるようにそう言った。

「餓死？」

わたしは驚いて言った。「餓死？」

「そう。黒沢こずえは餓死したの。部屋で見つかったの。夏だった。部屋で死んでたの」

「一人暮らしだったの？」

「実家に残ってひとりで住んでた。ご家族はみんなそれぞれべつのところで暮らしてた。ニュースにもなったよ。新聞の記事にも出てた。今でもネットで調べれば出てくるんじゃないかな」

彼女はそう言うと小さく息をついて眼鏡をかけなおした。それからショルダーバッグを手にとって肩にかけて、じゃあそろそろ行くねと言った。まるでこのことをわたしに伝えるためにここに来て、それを終えたらもう用はないんだとでもいうように。わたしは何を言っていいのかがわからなかったけれど、彼女が横を通りすぎるときに、じゃあまた、とにっこり笑って言ってみた。彼女はそれには答えなかった。そしてトイレの扉のまえで立ち止まってふりかえり、わたしの目をじっと見た。

「わたしね、今日、あなたはぜったいに来ると思ってたの」

静かな声でそう言うと、彼女は扉を押して出ていった。

会場にもどって彼女の姿を探したけれど見つからなかった。相変わらずあちこちで騒がしい声があがり、カラオケまで始まっている始末だった。わたしは椅子に座ってビールを飲んだ。飲んでも飲んでも、なぜか喉《のど》の渇きがとれないような気がして、気がつけばほんの数分のあいだに大瓶一本を空にしていた。もともと強くはないし、この数年のあいだまともにアルコールを摂《と》っていないのに、こんなふうに急に飲んでもどういうわけか酔う気配はまったくなかった。

わたしは三十歳の女性が餓死しているところを想像してみた。でももちろん、そんなことをうまく想像できるわけはなかった。黒沢こずえ。想像できるのは小学生の姿をした彼女だけだ。いつも髪をポニーテールにして、いつもまるくてかたちのいい額を出していた。声。声はもう思いだせない。犬。彼女の家には犬がいたような気がする。あれはたしか茶色い雑種の犬で、縁側の下にいつもいて、ふたりでひきずりだしては抱っこするのだけれど、犬の足やお腹についた黒く湿った土のせいで服が汚れてしまうのがいやだった。あの犬の名前はなんだったっけ。もちろん思いだせない。そういえば心霊写真を撮ったこともあった。黒沢こずえの肩に手のようなものが写っていて、わたしの右足にも白いもやのようなものがかかっていて、あのときは大騒ぎしたんだった。よくわからないままに塩をふってマッチで火をつけて燃やしてから、その灰を田んぼの脇に埋めたんだった。黒沢こずえにきょうだいはいたのだろうか？　それも思いだせない。いや、黒沢こずえはひとりっ子だった。家はいつもがらんとして誰もいなかった。ひとつひとつの部屋が小さくて、そんなに大きくはない家。両親は働きに出ていていつも遅くまでもどってこなかった。一度だけ晩ご飯をごちそうになったことがある。黒沢こずえの母親と三人の食事。とても緊張したのを覚えている。そしてそのとき、わたしは生まれてはじめて赤くないウインナーというものを食べたんだった。それが気持ち悪くてどうしても飲み込めなかったので、そのあと部屋のゴミ箱に隠すように吐きだして捨てた。黒沢こずえは気づかなかっただろうか？　そういえば、どの部屋もいつもおそろしく散らかっていた。台所には物があふれ、わたしたちが遊びに使っていい部屋は六畳ほどの部屋で、おもちゃや雑誌や絵本や洗濯物や布団《ふとん》やバスタオルや、そのほかよくわからない物が渾然《こんぜん》一体となって中央に積まれて、わたしたちはそれを適当に崩してスペースを作り、そこに腰を下ろしていつも遊んでいた。西日が強くあたる部屋で、夕方が近づいてカーテンが暗いオレンジに光りだすのをみると、なんとなくいやな気分になったのを覚えている。そう、どこからか生ぬるい手がのびてきて知らないあいだに足をつかまれてそのままどこかへひきずりこまれてしまうような、それはいやな気分としか言いようのない暗さだった。わたしたちはいつもそこで、そう、そこで、いつもふたりで——

　そのときだった。一瞬、誰かの姿が見えたような気がした。わたしは目を凝らしてその人影のほうをじっと見た。それは黒沢こずえだった。小学生の黒沢こずえだった。そしてそこに現れた黒沢こずえは、裸だった。服を脱いで裸になった小学生の黒沢こずえはオレンジ色に暗く沈んでいくカーテンを背にして立ち、そこからわたしをじっと見つめているのだった。

　知らないうちにビールの入ったグラスの底を見つめていたわたしははっとして顔をあげ、あたりを見まわした。耳のなかにつまっていた生ぬるい水がふっと流れでたように、まわりの騒がしさに気がついた。いろんな人が楽しそうに笑っているのが見えた。会場は明るく、同窓会は無事に続けられていた。わたしはため息をついてから、胸いっぱいにあたらしい息をゆっくりと吸った。そして口に手をあてて、誰にも気づかれないようにそれを静かに吐ききった。しばらくするとまた裸の黒沢こずえの姿が頭に浮かびあがってきた。目が慣れたせいか、逆光で薄暗く影になっていてわからなかった表情までもが今度ははっきりと見えた。でもそこには表情らしい表情は見つからなかった。感情というものをうまく汲《く》みとることのできない顔をして、黒沢こずえはただわたしをじっと見つめているのだった。

そうだった。あの部屋のなかで黒沢こずえは裸にさせられていたのだ。

わたしは歩いていって新しいビールの瓶を手にとり、グラスに注いで飲んだ。そうだった。黒沢こずえは裸にさせられていたのだ。わたしに。わたしにそうしろと言われて、黒沢こずえはそこで、いつも裸にさせられていたのだ。そうはっきりと頭のなかで言葉にすると、急に胸がどくどくと激しい音を立てるのがわかった。そしてまた、黒沢こずえの裸が現れた。わたしはビールのグラスを握ったまま、そこに浮かんでこようとするものを逃さずに見るために意識を集中させた。

黒沢こずえはとても仲の良い友だちだった。学校でも、帰ってからも、いつもふたりで遊んでいた。あれはいったいどれくらいの時間だったのだろう？　一年間？　もっと長かったような気がする。けんか。けんかをしたことはあっただろうか。わからない。思いだせない。でも、年齢にかかわらず、人がふたりいるとどうしたって生まれてくるようなあの微妙な力関係が、わたしたちふたりのあいだにもたしかにあったように思う。そしてふだんはそれが表面化することはほとんどなかったけれど、でもちょっとしたことをきっかけにして、それが動きだすということがあったように思う。それは——そのきっかけというのは、そうだ、今日は家で遊んでいいよという黒沢こずえからの誘いで、それが起こるのは黒沢こずえの家で遊んでもいいという日に限られていて、すっかり暗くなってしまうまで誰も帰ってこないということをよく知っていたわたしは、黒沢こずえに服を脱ぐように言って裸にし、そしてその体を触っていたのだ。

　なぜそんなことが起きてしまったんだろう？　あるいは、なぜわたしにそんなことができたのだろう？　最初、それは遊びの延長に過ぎないものだったのかもしれない。けれどいつのまにか始まった、その遊びのようなものから、遊びのもっている了解や明るさは確実にはがれ落ちていってしまって、それは誰かに言うことはもちろん、ふたりのあいだでさえ口にしてはいけない種類の秘密の雰囲気をいつのまにか帯びることになってしまった。わたしは真剣だった。自分は服を着たまま、まるで何かの儀式のようにわたしは黒沢こずえを裸にして立たせ、膨らみかけた胸をなで、まだ色もかたちもはっきりとはしない乳首を吸ったり舐《な》めたりした。それが終わると仰向けに寝かせて、かすかに陰毛が生えかけていた性器を指さきでひらいて何分ものあいだじっと眺め、いくつかある線のなかに舌を入れて、それから指さきをその奥に入れてみたりもした。人に知られてはいけないということをじゅうぶんに理解したうえで、わたしは裸になった黒沢こずえのうえに乗って指で唇をひらいてそこに自分の唾《つば》を落とし、それをちゃんと飲みこむように言った。それからまた乳首を舐めた。かすかにふくらんでいるクリトリスを舐め——当時は名前だって知らなかったけど、それを自分でいじるように言ったりもした。黒沢こずえはわたしにされるがままになっていた。怖がったり嫌がったりしていたという感じはなかった。いつもわたしがやることに素直に従い、そして黙って言うことをきいた。むしろ——わたしのほうがいつもどこか恐ろしいような気持ちでいたように思う。あれは大人たちにばれることを怖がっていただけなのだろうか。それとも、してはいけないことをしているということへの、まっとうな後ろめたさだったのだろうか。

　わたしはなぜ、あんなことをしていたのだろう？　よくわからない。何を考えていたんだろう。あるいは何も考えていなかったのかもしれない。ただ漠然と、性や性的な行為に好奇心があって、それをいちばん仲の良い女の子に試してみたっていう、ただそれだけのことだったのかもしれない。それにひょっとしたら、みんな自分の体験を言わないだけで、ああいうことは、あの年齢の女の子たちのあいだでは比較的よくありえることなのかもしれない。親しみとか性的な興味とか秘密とか——まだ自分のなかではっきりしないそういうものをどのように受け止めて、そしてどんなふうに逃がせばいいのかわからない年齢のときには、こうしたことは、もしかしたらごくふつうに起こりうることなのかもしれない——こんなふうに、あとからならいくらでも、少女の性欲についてなんて、きっとどんなふうにでもそれらしい理由をでっちあげて説明することはできるかもしれないけれど、でも本当のことはよくわからない。ただひとつはっきりとわかることは、わたしは自分が黒沢こずえの誰もいない家で彼女にしていたことはおろか、この世に黒沢こずえという少女がいたということさえ、完全に忘れ去ってしまっていたということだった。そして小学校を卒業してしばらくしたあと、黒沢こずえは学校に来なくなってしまった。そして三十歳で餓死してしまった。小学生の姿のままで。

新幹線の最終の時刻には間に合わず、帰れなくなってしまったのでそのままホテルに泊まることになった。会場の中央に集まって記念写真を撮り、教師や幹事の挨拶があって、会はおひらきになった。二次会にいくひとお、という呼びかけがあり、みんな塊になってぞろぞろと歩き、エレベーターに乗って一階へ降りた。わたしは宿泊の手続きをするために受付にいった。来たときに見かけた男とは違う女性の担当者がやってきて、宿泊カードとペンを置き、書ける範囲でいいのでできるだけ書くようにと告げ、それからまた控室にもどっていった。名前やら電話番号やらを書きこんでいると後ろから名前を呼ばれたのでふりむくと、さっきまで会場にいた女の子たちがいた。

　今晩ここに泊まるなら、申し訳ないんだけど一緒に泊まってあげてくれないかなあ、と困った顔をして、ソファのうえに積み残しの荷物みたいにまるまっている女の子を指さした。それはさっきのテニス部の女の子で、話を聞くと、彼女はあれから驚異的なペースで驚異的な量を飲みつづけ、騒いでいたかと思うと会場のすみっこでぐうぐうと眠りはじめて、どれだけ話しかけても返事がないということだった。

帰れそうにないし、誰も住んでいるところを知らないし、電話にはロックがかかっていて誰にも連絡できないし、でも放っておくわけにいかないし。とにかくわたしは部屋をツインに変更して、近くのコンビニで適当な飲み物を買ってきてもらい、それから女の子たち数人でテニス部の女の子をひきずりながら部屋まで連れていってやっとの思いでベッドにのせた。ものすごく重かった。急性アルコール中毒とかにならないかなあ、と女の子たちのうちのひとりが心配そうに言ったけれど、見たところ苦しそうでもないし（むしろ気持ちよさそうだった）、これでひとまず様子を見るよ、と言った。

　女の子たちが帰ってしまったあと、わたしはベッドに腰かけて、ぴくりとも動かず、ただぐうぐうといびきをかいて眠っているテニス部の女の子をぼんやりと眺めていた。いつもならこんなことに巻きこまれるなんて考えられないことだったけれど、不思議といやな気持ちにはならなかった。むしろ、そこに誰かが——それが酔っぱらって意識もなくただ横たわっているだけの人であっても、そばにいてくれることで何か心細さのようなものがごまかされるというか、それは今まであまり感じたことのない種類の気分だった。片方の靴だけが足にひっかかっていて片方は裸足《はだし》だったので靴を探し（ベッドの下に転がっていて探すのに苦労した）、それから両足を裸足にして靴をそろえて置いた。頭についていた黒いリボンのカチューシャがずれていたので外したほうがいいかと迷ったけれど、なんとなく触らないでおいた。最近ではいちばん暖かい夜だったし、布団もかけずにおいた。わたしはミネラルウォーターをひとくち飲んで、それからシャワーを浴びるために浴室に行って服を脱いで蛇口をひねった。お湯の勢いだけは素晴らしかった。わたしは頭からそれを浴び、備え付けのシャンプーを手にとって、髪を泡立てた。

考えないようにしても、黒沢こずえのことが頭に浮かび、ため息をついても、違うことを考えようとしても、それはなかなか去ってはくれなかった。

トイレでこのことを教えてくれたあの女の子は、やはりわたしにそのことを言おうとしてあそこでわたしを待っていたのだろうか。彼女は黒沢こずえの友人だったのだろうか。小学校は違ったはずだから、もし友だちだったのなら中学で知りあったことになる。でも彼女と黒沢こずえのクラスは違ったし、すぐに学校に来なくなってしまった黒沢こずえと彼女はいったいどこでどう繋《つな》がることができたのだろう。どうして彼女はわたしにこのことを話したのだろう。でも、この話題をふったのはわたしのほうだし、だとしたら、これはただの偶然なのだろうか。わからない。それとも——それとも、彼女は生きているうちに黒沢こずえからわたしとのことを聞いていたのかもしれない。小学生だったわたしたちのあいだにあったことを、彼女は聞いていたのかもしれない。そしてそれは、もしかしたら黒沢こずえの死と何か関係があるのかもしれない——そう思ったとたん腕に鳥肌がたち、わたしはそれをこすり落とすように手のひらをぎゅっと押しつけた。

　でも、とわたしはいっぽうで思った。あれはそんなにたいしたことだったのだろうか。あれはどこにでもある、どちらかというとごくありふれた話なんじゃないだろうか。でも、それだってもう、よくわからない。それに、あれは本当にあったことなのだろうか。よくわからないけれど、わたしが誰かの話や、あとで読んだ物語かなんかを間違えて自分の記憶だと思いこんでいるだけで、あんなことはもしかしたら、じっさいには起きていなかったのかもしれない。あんなことはぜんぶ、わたしの作り話だったのかもしれない。そうじゃないなんて、いったい誰に言えるだろう？　黒沢こずえはいろんな記憶とともに死んでしまって、わたしが黒沢こずえと過ごした時間というのは、今となってはもうわたしの頭のなかにしか存在してはいないのだ。わたしがそれを忘れてしまえば、それはもうどこにも存在しないことになるのだ。世界のどこにも。いや——果たしてそうなんだろうか。わからない。記憶というのはどこか、たとえば世界のほうにあって、それで——そこまで考えてふと気配がしたのでふりむくと、メイクが溶けてどろどろになった女の子の顔が目のまえに現れて、わたしは驚きのあまり絶叫してバスタブのなかで転んでしまい、腰をしたたかに打ちつけてしまった。

「ごめん、悪気があったわけじゃないんだけど。ほんとにごめん」

ぺらぺらの浴衣《ゆかた》を着てベッドに横になって黙っているわたしに、テニス部の女の子は本当に申し訳なかったという顔をして謝った。もういいよと言ってわたしは大きなため息をついた。

「それにしてもあの驚きよう、すごかったね。あ、わたしが悪いんだけど」

どこか笑いを隠しきれないというような顔をして彼女が言った。

「あんなの誰だってびっくりするから。なんなの」

わたしは彼女を睨《にら》みつけながら、そこにあるビールをとってくれと言い、受けとったそれを一口飲んだ。

「それよりなんなの。あなたさっきまで意識不明であんなにぐうぐう寝てたじゃない。鏡餅《かがみもち》の親分みたいなかっこうして。なんであんなになるまで飲むの。まわりの迷惑考えなよ。第一こんな冴《さ》えない同窓会なんかで酔っぱらったって何もいいことないでしょ。まったく。しっかりしなよ」

わたしって酔ってもちょっと寝るとすぐ復活しちゃうんだよね、と彼女は笑った。

「ほら、もうふつうでしょ。でもいっつも記憶なくしちゃうんだよね。今日だって、もうあんまり覚えてないもんな。それでしばらくしたら、ぜんぶをきれいさっぱり忘れてんの。完全に。そんなのばっかり。わたし今日あなたと何か話したっけ。っていうか、わたしどんなふうにしてた？」

「わたしとは話したよ。っていうか絡まれたよ。お酒飲んでた以外にあなたが何してたかなんてそんなの知るわけないでしょ」

彼女はアイメイクで真っ黒に汚れた目をこすりながら、にやにやしながらわたしを見ていた。

「何が面白いの」

「いや、だってあなたそういうキャラだったんだあって思って」

「そういうキャラってなに」

「え、だって昔からいつもクールっていうかさ、そういう感じだったじゃん。でもなんかさ、芝居がかってるっていうか、無理してるっていうか、さむかったもん。今のそのパキッとした感じのほうがいいよ。だいたい何回かテレビで観たけど、笑いかたが全然だめなんだよね。全然だめ。今のその言いたいことをちゃきちゃき言う感じでいったら、今後また売れることもあるんじゃない」

「あなた、今けっこうすごいこと言ってるの気づいてる？」

わたしは呆《あき》れてため息をついた。だってほんとのことじゃん、と言って彼女は笑った。

それからしばらくふたりとも、それぞれの携帯電話をいじってメールやら何やらをして、ひとしきりの時間が過ぎた。大きなあくびが聞こえてきたので、シャワーを浴びないのかと訊くと、着替えがないからいやだといった。顔は洗わないのかときくとメイク道具をもってきていないからそれもいやだと答えた。明日帰ってから入るからもういいよ、と彼女はまたあくびしながらそう言って、ベッドのシーツをめくってそこにもぐりこんだ。

時計をみると十二時を少しまわったころだった。わたしもおなじようにベッドのシーツをめくって、横になった。電気消して寝る人？　つけて寝る人？　と訊いてきたので、どっちでもいい人、とわたしは答えた。じゃあ消すわ、と言って彼女が手をのばして照明の下にあるつまみを操作すると、何かがどこかにすうっと落ちていってしまうように、部屋は真っ暗になって消えてしまった。

眠ろうとしても眠りはなかなか訪れなかった。目が冴えているというわけではなかったけれど、どこかに熱がこもっていて、うまく寝つける感じがしなかった。寝返りを何度打ってもぴったりした姿勢がとれず、途中であきらめて、ねえ、とわたしは声をかけてみた。起きてる？　しばらくしてから眠くてしょうがないといった声で、なに、呼んだ、と返事があった。暗闇《くらやみ》のなかで目をあけたまま、わたしは彼女に訊ねた。

「あのさあ、黒沢こずえって、女の子いたじゃん」

「黒沢こずえ？　誰だっけ、それ」

「ほら、登校拒否してた――」

そこまで言いかけて、もしかしたら、そんな女の子のことは知らない、そんな女の子はどこにもいなかったと彼女がそう言うんじゃないかという考えが一瞬よぎって、胸がどきんと鳴った。

「……さっきちょっと聞いたんだけど、何年か前に亡くなったって話で」

わたしはつばをひとつ飲みこんでから、彼女の返事を待った。しばらくして彼女は、あったあった、と思いだしたように言った。

「あれね、餓死しちゃった子ね。あったあった。黒沢さんっていうんだったっけ。わたし彼女のこと全然知らないんだよね」

「そうだよね、すぐに学校来なくなってたみたいだしね」

「そうなんだ。それすら知らなかった」

「その、それって事件みたいになったの？　なんかニュースにも新聞にも出たって話だったけど、わたしもさっき聞いて驚いたんだけど」

「なったなった。あのときはけっこうニュースになったんじゃなかったかな。少なくとも地元ではってことだけど。餓死だしさあ。ちょっとのあいだ話題になってた。たしか」

「でも餓死って、どうして餓死だったんだろう。食べ物くらいどうにでもなるじゃない。餓死ってなかなかできないよね。どうして彼女がひとりで餓死しなきゃならなかったんだろう」

「え、ひとりじゃないでしょ」

と彼女が言った。

「ひとりじゃないって？」

わたしは訊きかえした。自分の声じゃないような声が出て、唇をなめるとかさつきが舌にひっかかった。

「ふたりだったんじゃなかったっけ、死んだの。そうだ、たしかふたりだよ。ふたりで見つかったんだもん。女の子と見つかったんだよ」

「女の子？」

「そう。たしかおなじ年くらいの女の子と見つかったんじゃなかったっけ。女の子っていっても三十とかそんなだけど。その――黒沢こずえさん、だっけ？　彼女の家で、ふたりで餓死してたんだよね。どういう関係だったのかまではわかんないけど、女の子とふたりで死んだんだよ」

「そうなの」

「そうだよ、たしか」

それから、わたしも彼女もしゃべらなかった。しばらくそのままでいて、何か違う話をしようと顔を向けたときにはもう、はっきりした寝息が聞こえてきた。わたしは彼女に起きてほしかった。そして何でもいいから話をしてほしかった。そのあと何度も、彼女をゆすって起こして電気をつけて、朝までどうでもいい話をするところを想像したけれど、けっきょくそれはできなかった。

部屋には彼女の寝息とわたしの心臓の音だけが響き、シーツと掛け布団を体に巻きつけて足を折り曲げて、わたしはじっと目を見ひらいていた。その奥で広がってゆく暗闇のなかには、誰もいなかった。恐れるようなものは何も見えなかったし、聞きたくないものは何も聞こえてはこなかった。どうしてだろう。考えるべきことも、思いださなければならないことも、きっと無限にあるはずなのに。かたちのあるものはその輪郭を奪われ、意味のあるものは音もなく飲みこまれ、そこにはただ暗闇としかいいようのないものが広がっているのだった。さっきよりも寝息が大きく響き、わたしの心臓の音もそれにあわせて大きくなっているようだった。隣で眠っているのはいったい誰なんだろう？　これはいったい誰の寝息なんだろう？　そしてわたしはいったい今、どこにいるんだろう？　届けられた箱を両手でしっかりとつかみ、そこから何が失われ、何が残されているのかを見なければならないのに、どれだけ見つめても、何も現れてはこないのだった。それでも目をつむってしまえば何か本当にとりかえしのつかないことが起きてしまうような気がして、わたしは目を見ひらいたままその暗闇のなかで息をひそめているしかなかった。

シャンデリア

そういうのって楽しいんですかね、と聞かれることがたまにある。何が？　質問の意図はちゃんと理解しているけれど、わたしはいつもそんなふうに聞き返すことにしている。だからその、飽きませんか、さすがに。質問者は感心と困惑が入り混じったような表情をしてみせるけれど、本当はわたしを馬鹿《ばか》にしているのがありありと伝わってくる。あるいは心の底から呆《あき》れていて、うっすらした軽蔑《けいべつ》さえ感じているのが。どっちにしたって人のことに、ご苦労なことだと思う。

僕だったら二時間も耐えられないなあ。わたしも好きだし、たまにだったらわかるけど、毎日はね。小さく首を振って、すごいよね、と付け加える。それからその話はぷつんと途切れて、みんなそれぞれの持場に戻っていく。時間を惜しんで、愚痴はこぼすけれどやりがいのある小さな困難の連続に頬を上気させながら、じつにいろいろなものを向上させるために今日という日に向かってゆく。書類、会議、挨拶《あいさつ》、エクセル。検索、根回し、愛想笑い。小走り、区役所、保育園への送り迎え。ローンの比較、家事に義実家、来月予定している小旅行の割引申し込み。じゃあね、って別れてから一分もすると、なんだかんだ言いながらも前進する活力と自尊心に満ちた彼らの頭からは、わたしが毎日のようにデパートへ出かけていってそこで一日を過ごしているなんていうどうでもいい話は、完全に消えてしまうのだ。

デパートはつるつるしていて光っている。

　朝十時に――いつだって朝十時きっかり、大きな扉が開かれてその左右から従業員たちの笑顔があふれるようにこぼれてくるとき、まるで特別な日の栄《は》えある一歩を踏み出すような気分になる。背筋が伸びて、顔がきゅっと引きしまり、とても素敵な集まりから招かれているような気持ちになる。今日の靴はドルチェ＆ガッバーナのバレエシューズ。ピンクにも紫にも灰色にも見える雨雲みたいなくすんだ色で、脱いだあと、指先がおなじ色になっていればいいのにと思うことがある。でも何度履いてもそうはならない。そんな色にはならない。親指は相変わらずくの字にまがっていて毛が生えていて、かさかさしていてヒール胝《だこ》がいくつもあって、乾燥してひからびた爪《つめ》は、昆虫か何かの死骸《しがい》みたいに見える。

デパートには何でもあるけれど何にもない、というようなことを言う人がいる。そういうのってべつに大した意味はなくて、ただ消費の虚《むな》しさについて何かいい感じのことを言いたいだけなんだろうけれど、でも当然のことながらデパートにはじつにいろいろなものがある。すごくある。欲しいものと欲しくないもの。信じられるものと信じられないもの。そして自分のものになったりならなかったりする数えきれないものが、ひしめきあっている。世界にはいろんな場所があるけれど、ありとあらゆるそのすべてに値段がついていて、その意味で買えないものが存在しないなんて、そんなのデパートくらいのものだ。

でもデパートで一日を過ごしているなんて言うと、へえ、なんて相槌《あいづち》がひとつ入ったあとにとんでもない俗物を見る目で一瞥《いちべつ》されて、調子が良ければそこに憐《あわ》れみまでが注がれる。そこでわたしは考える。もし、それが雨の日も風の日も動物園で一日を過ごすというような人だったら？　履きなれたスニーカーで動物園の門をくぐり、カンガルーを眺め、アリクイを見つめ、かわうその夫婦たちの永遠に続きそうな追いかけっこを観察し、夕暮れになるとベンチに座ってペットボトル入りのお茶を飲む人だったら？　変わり者だとは思われるかもしれないけれど軽蔑されるなんてことはないだろうし、そこから何かを好意的に読み取ろうとする人はいても、少なくとも嘲《あざけ》る人なんていないだろう。じゃあ美術館で一日を過ごす人だったら？　熱心ですね。何と言っても、芸術ですからね。一日じゅう作品を見ていられるなんてあなた、それは選ばれた人だけに与えられた感受性ですよ。こちらは羨望《せんぼう》とともにわかりやすく尊敬だってされるのかもしれない。じゃあジムはどう？　家は？　会社は？　図書館は？　一日中、川べりを散歩する人は？　どこにいたってそれぞれの嗜好《しこう》と事情があるんだろうとそれなりに斟酌《しんしゃく》されるのに、デパートだけは違うのだ。用もないのに入り浸って、来る日も来る日も気まぐれに買い物をしつづける人間なんて、自分の頭でまともにものを考えることもできない俗物で、馬鹿で、人生の大切な意味にふれることのできない、虚しい人間なのだ。

　ぴかぴかした石の床を歩いてアクセサリー売り場を通過する。顔をあげると巨大なシャンデリアが輝いている。ものすごく大きなシャンデリアだ。いつもとおなじようにちょっとの狂いもなく完璧《かんぺき》に、取りこんだ光にさらに磨きをかけて輝きをあたり一面に放出している。デパートの三階分くらいがぶち抜かれた吹き抜けに吊《つ》り下げられているせいで、どんなに見つめても距離感がうまくつかめない。実際の大きさがどのくらいかだなんて想像もつかない。すぐそこで輝いてるみたいに見えるし、やっぱり遠くにあるようにも見える。

たとえば星は落ちてこないだろうし、もし落ちてきたってそんなのわたしには関係ないけれど、でもシャンデリアがいつかちゃんと落ちてくるものだということをわたしはきちんと理解している。見えても見えなくてもシャンデリアにはたくさんのものがぶらさがっていて、それはもう息もできないくらいびっしりで、なのにぴくりともしないで輝きつづけているシャンデリアはいつかその全部に耐えられなくなるはずで、そんなのはわかりきったことだ。シャンデリアが落下する瞬間――きっとその瞬間にわたしはどこにいたってその真下にいるはずで、わたしは目を見ひらいて、ものすごく見ひらいて、その落下のすべてを目に入れる。一瞬がひきのばされたその感覚のなかで、わたしは落下そのものになる。叩《たた》きつけながら叩きつけられて、突き刺されながら突き刺して、下敷きになりながら押しつぶす。落ちるなら今なのにとわたしはいつも話しかけるように呟《つぶや》きながら、その下を通り過ぎる。

ルブタンから新しく出た武器みたいな突起のついたボトルのマニキュアを思いだして、そこからバッグ売り場を突っ切って化粧品売り場に行く。ドゥ・ラ・メールのカウンターを通りすぎるときに目についたハンドクリームを買う。一万円。会計を待っているあいだ、かん高い声の店員から新しい美容液の説明を受ける。針で刺した穴から真っ赤な血がまあるく膨らんでくるように、金色の美容液が手の甲でぷっくりと光っている。知らない人に丁寧に手を握られて保湿されて、とても近い距離でお互いの顔のいくつかの部分を見つめあう。またお待ちしていますね。カード払いの控えをもらう頃には、ルブタンのことはすっかり忘れている。結局、ハンドクリームの五倍の値段のついた美容液も買って、それからトム・フォードを覗《のぞ》く。ココア・ミラージュは相変わらずの品切れで、でもべつの新色が出たというのでそれも買う。開店したばっかりなのにスリーのカウンターにはもう若い女の子たちが数人、細長い鏡の前を占領して夢中になってオイル・アイシャドウを試している。

「何色でもいいです、今ある色をください」と懇願する客が殺到するくらい、ばか売れしたらしいアイシャドウ。左端の女の子の横顔が目に入る。こんなに若くてこんなに肌がきれいでこんなに何も考えていなそうでも、彼女たちのなかにはすでにどうしようもないものが淀《よど》みながら渦巻いていて、彼女たちを内側から少しずつ追い出そうとしている。だんだん硬くなっていく体のなかで、このさきに自分が得るかもしれないもの——幸せとか愛とか自己実現とか？　いい匂《にお》いのするもの、温かく自分を受け入れてくれるかもしれないそれらはいつだって信用がならず、刻一刻と失われるものだけが正直で、見つめるに値すると思ってしまう。スック、アディクション、ナーズ、マック、あと一歩でコスプレメイクになりそうなくらい濃く顔を作った店員たちが、てかてかしたひっつめ頭に澄ました顔でこちらを向いて並んでいる。馬みたいだな、となんとなく思う。

化粧品売り場をぐるりとチェックするとエスカレーターで四階まで上がり、ハイジュエリーを眺める。わたし以外にまだ客はおらず、何もかもが文字どおり、光り輝いている。ダイヤやゴールドやホワイトゴールドがいちばん美しく見えるように計算された照明のあいだをゆっくり歩き、ときどきガラスケースのなかを覗き込む。このあいだ、ティファニーで隣になったおばさんが、四十歳を超えたら石はなんでも２キャラはないとね、と言っていたことを思いだす。歳《とし》いくとね、手の甲とか指の皮膚が縮んでね、１キャラとかだと逆にみすぼらしいのよ。だったらつけないほうがましよね。彼女の指にはぱっと見ただけじゃグレードはわからないけれど、まあまあ大きなダイヤの指輪がついていた。そして——あれって何色っていうのが正しいのかわからないけれど、とにかくぎょっとするような色のネイルをしていて、それから首には趣味が悪いとしか言いようのない色合いのスカーフを巻いていた。午前中から昼間にかけてのデパートはこういう客ばっかりだ。一人で来ている客もいるけれど、いちばん多いのが五十代とか六十代の女の二人連れ。家にある貴金属、とりあえずぜんぶつけてきたんじゃないの、という人もたまにいるけど、だいたいが、まあ適当にお金持ってるんだなっていうそれなりの余裕を感じさせる身なりの、暇そうなおばさんたち。ぜんぶ載せとしか言いようのないメイクをしっかりして、ぺちゃくちゃおしゃべりしながら笑い声をあげてのそのそ歩いている。

じっさいに買うつもりはないけれど、定期的にティファニーとカルティエとヴァン・クリーフ&アーペルでごろりとしたダイヤモンドを指差して、これつけてみていいですか、と言って、にっこり笑ってみせる。店員が素早くわたしのバッグや時計をチェックして、もちろんです、という声にわかりやすい期待が少しだけ込められる。カルティエのイエローゴールドのタンク・アングレーズをつけてバーキン25

のローズサクラを持っている客なら、ひょっとするとひょっとするかもしれないなんて思うんだろう。

買うつもりなんかないのに、指に嵌《は》めて照明にかざしてみていると、これを買ったらどうなるんだろうという気持ちがしてくる。どうなるって、べつに預金残高から九百万円が引き落とされるだけのことなんだけれど、こんな小さな物と九百万円を交換するということの意味がだんだんわからなくなってくる。もちろん最初からわからないけれど、それでも、もっとよくわからなくなってくる。これって、馬鹿げたことなのか、わりに良いことなのか、あるいは、そのどちらでもないことなのか。こういうとき、ふつうは九百万円があればほかに何が買えたりできたりするか、みたいなことを考えて価値とかそういうものについてあれこれ思ったりするものなんだろうけれど、でもほかに比べるものが何もない人間の場合は何をどんなふうに考えればいいのだろう。

じゃあ買います、と言ってカードを渡すところを想像してみる。本当にお似合いです、本当にお似合いですよと言いながら店員はにっこり笑って頭を下げ、一時的に利用限度額をあげるためにカード会社に電話をする。別の店員がやってきてわたしは奥にある部屋に通されて、ふかふかのソファに座るとティファニーのティーセットが運ばれてくる。コレクションの分厚いカタログをめくるけれどすぐにテーブルのうえに戻し、見れば見るほど距離感が失われていくような水色の壁をぼんやりと眺めてみる。

わたしはすごく興奮しているかもしれないけれど、すでに死にたくなっている。この小さな石を四つか五つに割った、そのひとかけら分のお金を用意できなかったせいで死んでしまった母親のことを思いだす。いつものようにまた一歩、自分が死体に近づいたような気がする。箱とか要りません。保証書とかも。はい、このまま。つけて帰ります。そう言って、まだ落ちてはこないシャンデリアの下を這《は》うように抜けて、タクシーに乗る。バタンと大きな音を立ててドアが閉まり、走りだす。わたしを乗せたタクシーの運転手もじつは死にたがっていて、バックミラー越しに目が合ったとき、お互いにそのことがわかってしまう。わたしたちが走るのはわたしたちのために用意された誰もいない灰色の直線だ。どれくらいスピード出ますかね、と言うわたしに運転手は無言でアクセルを踏み込み、背中がシートにくっついたまま剝《は》がせなくなるまでスピードを上げつづけ、そして車体が道路から一瞬だけ浮きあがったその瞬間に現れる壁に正面からぶつかって爆発する。金属片と肉片と血液とどす黒い細切れになってわたしは飛び散り、あとかたもなく死んでしまう。

「ぐるっと回って、またあとで見に来ますね」

にっこり笑ってわたしはティファニーをあとにする。エスカレーターで七階に上がってレストランのフロアへ行って鮨屋《すしや》へ入る。適当なのを選んで半分残す。食べるものなんてなんでもいいし、どうでもいいゴミみたいなもので胃のなかをいっぱいにしたいけれど、でもここにはそんなもの売ってないのでしょうがない。だから何にも考えないでいいように、右から順に店に入る。

食後のお茶が運ばれてきて、わたしはバッグからスマートフォンを取りだしてツイッターをチェックする。フォローしているのは匿名《とくめい》の若い女の子たちだ。

わたしよりも十五歳も二十歳も若い彼女たちは容姿のことしか呟かない。恋愛のことも男のことも仕事のことも、夢のことも呟かない。彼女たちは複数のアカウントを持っていて、自分たちが飲んでいるサプリ、美容法、写真の加工アプリ、なりたいアイドルや韓国のモデルたちの写真、メイク、裸に近い体の写真なんかをアップする。彼女たちが美しいと思う対象への惜しみない憧《あこが》れを書き込み、そうではない有名人や自分たちの容姿を容赦ない言葉で攻撃する。整形手術の成功例をつぎつぎにアップして賛辞を送り、シェアし、なかには目線を入れて特定されないように加工しつつ、自分の手術の経過を赤裸々に載せている子もいる。もちろん何にもしないで美しい天然美人がヒエラルキーの頂点にいるのだけれど、しかし彼女たちは整形による努力で美しさを勝ち取った女の子たちにも敬意を払う。目頭切開、埋没法。脂肪注入、プロテーゼ。涙袋にエラボトックス。ここでは自分たちがなりたいと思えるような美こそが絶対で、手段はなんであれ美しい容姿をもった女の子こそが最高の強者。ブスは蔑《さげす》まれるだけの対象で何の価値もない。風俗店でアルバイトをして手術費を稼ぐ子、あるいは手術のためにした借金を返済する子。一昔まえには援助交際という名前で今はパパ活と呼ばれるもので生活する子、するめだけを食べてダイエットをしている子。わたしはそんなスマートフォンのなかだけで毎日途切れることなく発光している女の子たちをフォローして、人差し指でスクロールしながらどんどん流れてくる彼女たちの言葉を読む。「どれだけの痛みに耐えれば、どれだけのお金を払えば人並みの容姿になれるんだろう」「疲れた、きれいになったらもう死にたい」。彼女たちの言葉のうえを、指がするすると滑っていく。

四階に降りて、シャネルに入る。左手に並んだ時計を眺めて、右手に並んだ財布や小さなバッグを眺める。隣ではスキニージーンズにハイブランドのスニーカーを履いた、まだ若い中国人観光客がいくつもバッグを手にとって吟味している。わたしは指先でガラスショウケースの表面をこつこつ鳴らしながらアクセサリーをじっと見る。顔をあげると新作バッグがずらりと並んでいて、何かお探しですかと店員がやってくる。適当に笑って、そのまま奥に行くと左手一面に靴が、右手にワンピースやニットが吊るされていて、さらに奥に進むとソファとテーブルがあり、見るからに全身をシャネルで仕上げた五十代くらいのおばさんがグラスに入ったガス入りの水を飲んでいた。目の前のテーブルには新作ジャケットが何枚も広げられて、店員がそれらのひとつひとつについて説明し、おばさんはそれを聞きながらどれを購入するか迷っている。わたしはベロアのバイカラーのフラットシューズを試し履きして、もうひとつ大きなサイズを持ってきてくれるように頼む。けれどそのサイズは完売で、店員はべつのシューズをいくつか持ってきてわたしの足元に並べようとしたけれど、だいじょうぶですとやんわり断り、シャネルを出て向かいのヴァレンティノに入る。入り口のトルソーには三百万以上はするはずのミンクに小さなガラスの飾りのついたコートが飾られている。なかに入ってベルベットのロングワンピースとシルクに細かい刺繍《ししゅう》が施されたワンピースのあいだに手を入れて生地を触っていると、名前は知らないけれど顔を覚えている店員がやってきて、先日はご購入ありがとうございました、今日も何かありましたらお申し付けくださいませと頭を下げた。ちょっと前にヒールを一足買っただけなのによく覚えてるなと思いながらほかの洋服を眺める。店内にはもう一組客がいて、ふたつしかないソファの片方に脂《あぶら》ぎった五十代くらいの男が座っていた。腕を組んで眉間《みけん》に皺《しわ》を寄せて、ずんぐりした短い脚を組み、膝《ひざ》を小刻みに揺らしている。男と鏡を交互に振り返りながら体に服を合わせてみせる妻なのか何なのかはわからないけれどあんまりぱっとしないおなじ歳くらいの連れの女に、そっちじゃないな、むしろあっちだろ、みたいなことを指図していた。

　時計を見ると午後二時すぎだった。もう四時間が経《た》った、とか、まだ四時間しか経ってない、とか、わたしは時間についてもうそんなふうに考えないようにしているから、自分が今、一日のどのあたりにいるのかについても考えない。今日という日が一年のどのあたりにあるのかも、そしてその一年がわたしの人生のどのあたりにあるのかについても、もう考えたりしない。想像もしない。

バッグのなかで着信を知らせる振動が響いて手にとると、税理士からのメールだった。税理士といってもこの何年間か確定申告を任せているだけで、べつに大したことはしない。冬の初めと年明けに何度かやりとりするだけで、会ったこともないし、顔も知らない。そういえばこのまえもメールが来ていたけれど、返事をしていなかった。用件はなんだった？　十万円を超える領収書の用途を教えてくれというものだった。そんなの適当にやってくれればいいのにと思う。

最初に大金が入ったのは三年前の夏だ。

著作権管理代行会社を名乗るところから電話がかかってきて、わたし宛《あて》に印税が振り込まれると説明された。ご連絡先に辿《たど》り着くまで相当の時間を要しました、遅くなって申し訳ありませんと電話の声は言った。何の話かわからなかった。それから口座に振り込まれる予定の金額が告げられた。なんですか、とわたしは二度も聞き返した。すると相手は事務的な、いやにまっすぐな感じのする口調で、三千六百二十五万円ですとくりかえした。月末に通帳を確認すると、電話の声がわたしに言った金額とおなじだけの数字が記載されていた。

母親が死んだとき、通帳には六十五万円しか入ってなかった。いくつかの派遣の仕事を繋《つな》いで暮らしていたわたしの全財産はそれだけで、でも月に二十万を切るか切らないかの稼ぎしかない人間にとって、それはそれなりに重みのある金額だった。当時、一緒に働いていたおなじ歳くらいの派遣仲間の女たちには貯金なんてなかったし、何のあても出来事もない人生についてみんな心の底からうんざりしていて、いつ死のうか、みたいな話をしてよく笑いあっていた。

母親が死んだ本当の理由はわからない。父が出ていってからはずっとふたりで暮らしていたけど、わたしが二十歳になってすぐの頃に母親も家を出て、べつの男と一緒になった。埼玉の奥のほうで不動産業をしている男だった。一度だけ会ったことがある。見た感じはなんでもないようなふうをしているけれど、でもちょっとした表情や目の動かしかたや、口調のはしばしに隠しきれない下品さが漂っている背の低い男だった。ろくな死にかたをしないと直感的に思わせる人間がいるけれど、それはまさにそんな男だった。

でもその二十数年後、ろくな死にかたをしなかったのはその男ではなくて自分の母親のほうで、ひとり暮らしの部屋で心肺停止の状態で発見されたそうだ。年齢を問わず、どこにでも転がっている、限りなく自死に近い、事故死というやつ。死後二週間以上が経っていたらしく、夏だったので遺体はひどく傷《いた》んでいたにちがいない。わたしが最後に会ったのは二十年近くも前で、なんとか証明とか書類関係の用事があって、埼京線のなんとかって駅前にある喫茶店で会って、少し話をしたんだった。母はレーヨンの薄紫のブラウスを着ていて黒い布のポシェットみたいなのを持っていた。あんたは昔からしっかりしてるから、と三十分足らずのあいだに何度も口にした。ぼそぼそした声で、うつむきがちに。それは母親の口癖みたいなものだった。

　最後の最後に交わした言葉は思いだせない。ただ、店を出て母の後ろをついて駅までの道を歩くあいだのことは覚えている。わたしはどこを見て歩けばいいのかがわからなくて、ポケットに手をつっこんで、ずっと母の靴のヒールを見ていたのだ。安物の、スーパーで千円ちょっとで売ってるような合皮の靴の短くて太いヒール。こすれた傷がついていて、はっきりした裂け目もあった。七十歳で死んだ母は、その男と五年ほど前から別居していて、金銭のトラブルがあって、男の親族も巻き込みながら長いあいだ揉《も》めていたらしい。裁判をするとかしないとか。娘にはこれ以上迷惑をかけたくないから何があっても連絡しないでくれって言われてたんだけど、そういうわけにもいかないし。そんなようなことをその男は言って、わたしはそのまま電話を切った。

それから数週間後にかかってきた代行会社からの電話は、最初は何のことか見当もつかなかったけれど、冷たい手のひらにだんだん体温がもどってくるみたいにいろいろなことを思いだした。二十代の頃の数年間、わたしは音楽制作事務所で働いていたことがあって、そのときに友人からちょっとした頼まれ仕事をしたことがあったのだ。それはその友人が勤める会社が当時開発しようとしていたダイエットマシーンに内蔵するメロディーを作って欲しいというものだった。踊ったり走ったりするときに出る音が必要なんだよね、と彼女は言った。あんまり予算をかけられないから、買い取りじゃなくて印税というかたちでお願いしたいんだけど、と彼女はすまなそうに言った。母子家庭で習い事なんてする余裕はなかったけれど、昔教師だったという近所に住むおばさんがわりに熱心に教えてくれたおかげで、わたしは譜面を読んで鍵盤《けんばん》を弾くことができた。彼女はそのことを知っていて、それでわたしに頼んできたのだ。

いいよと返事して、二週間くらいかけて事務所のＭＩＤＩ音源を使って二十種類くらいのメロディーを作って彼女に渡した。それだけ。見るからにかたちだけの契約書は交わしたけれど、それがどんなマシーンなのか見たこともないし、定価も聞かなかった。いつ発売されたのかもわからない。そして、とくにこれといった理由もなくわたしはその事務所を辞めて、派遣の仕事を転々とし、その仕事のことはもちろん、友人のことすらすっかり忘れてしまっていた。

こんなことでもなかったら思いだすことなんてぜったいになかったそのマシーンは十何年かをかけて、地道に、色んな国でヒットしたらしい。まず韓国で売れ、シンガポールで売れた。つぎにインド。レンタルも好調で、そもそも有名な大手のジムが大量に導入したことがきっかけでテレビの通販が取りあげて広がったとかなんとか。見知らぬ国の見知らぬ人々が、マシーンのうえで走ったり飛んだりするたびに自分の作ったメロディーが流れるなんて想像もできないし、その腹や背中にたっぷりついた脂肪を揺らしながら人々が汗を流すたびにわたしにお金が振り込まれるのは奇妙な気がしたけれど、でも現実に六十五万円しかなかったわたしの貯金通帳の数字は定期的に増えつづけた。でもそんなことは、すぐになんでもなくなった。このことを話す相手もいないし、すぐにどうでもよくなった。いつまでつづくのか知らないし、いつ終わってもかまわない。こんなことはすべて何かの手違いだったのだという結末を、わたしはよく夢想する。それで遣い込んだ金を補償する方法も能力もないわたしは法的に責められ、正しい人たちに追い込まれ、返せるあてのない借金を負わされてどこにも行き場がなくなってしまう。でも、そんなことはわたしには何の関係もないことだから、ワンルームの部屋からもう一歩も出ないで済むなら済むでそれでいいし、市販薬もそうじゃない薬もなんでもラムネみたいに噛《か》みつづけて安い酒でどんどん流し込んで、そして吐物を詰まらせて死んでしまうまで堂々とそこにいることにする。限りなく事故に近い、自死というやつ。

　ドルチェ＆ガッバーナに入る。黒を基調にしたインテリアに今季の洋服がずらりと並べられて、ところどころが光っている。手にとって眺めると、ほとんどの洋服にビジューがあしらわれていて、ずっしりと重い。ヒールにもバッグにも石がついている。ワンピースを戻したところで、店員がわたしの名前を呼びながら近づいてくる。ご無沙汰《ぶさた》しております、ようこそいらっしゃいませ。どうも、とわたしもにっこり笑う。店員はわたしにぴったりと寄り添いながら洋服をひとつひとつ説明していく。タブレットで画像を出して、コレクションではこのルックで、こちらとこちらを合わせて、お靴はそちらでございます。高くもなく低くもない声で、こちらのちょっとした関心に反応して絶妙のタイミングでべつの商品を奥からさっととってきて紹介するけど、面倒だから服の試着はめったにしない。じゃあ、このブラウスとマーメイドのスカート、そう、ベロアのほうのをいただけますか。承知しました。ご用意いたしますので、こちらでお待ちいただけますか。わたしは巨大なソファに案内されて腰を下ろす。

　向かいのソファには、老婆《ろうば》が座っていた。ドルチェ＆ガッバーナの濃い部分だけを煮詰めたような派手な柄のソファに座っているその小さな老婆は、最初からそこに備えつけられた不気味な置物みたいに見えた。真っ黒に染められてぱらぱらに散らばった髪はいちおう胸あたりまであるのだけれど、頭頂部の毛は薄いというか抜け落ちていてほとんどなく、汗をかいてる頭皮に強い照明の光がまともにあたってそこだけまあるく発光しているように見えた。皺だらけの顔は厚化粧で、唇には真っ赤なリップが塗られていた。瞼《まぶた》に色はなかったけれど、下瞼にしっかりとひかれた黒いアイラインが滲《にじ》んでいて、それはクレヨンを使った幼児の殴り描きを思い起こさせた。たまに駅前の掲示板とかそういうところに貼《は》られているやつ。しかし着ているものが素晴らしかった。まず、フェンディのファーのショートコート。水色に薄いピンクのラインが入ったミンクの今季もので、裏地は深緑色をした皮革で、袖《そで》はおなじ素材でフリル型にデザインされている。なかには薄手のうっすらとピンク色をしたカシミアのニットを着て、それにクリーム色の柔らかそうな皮革のタイトスカートを穿《は》いている。がりがりに近い痩《や》せ方をしている老婆の太ももはひと目でハイブランドの高級品だとわかるタイトスカートのおかげでバランスが中和されていて、靴もやっぱりフェンディの今季のものだった。何枚もの繊細な羽が重なりあったようなグレーのチャンキーヒール。

　七十歳と言われても納得するし、八十歳と言われても、そうですよねと思うこの老婆の本当の年齢はわからないし興味もないけれど、たぶん店員がすすめるルックをまるごと買ってそのまま着ているんだろう。わたしは頭のなかで老婆の首からうえを消去して着こなしだけを眺めることにした。完璧だった。バッグはケリー28。

くったりしたトリヨンで、色は滅多に見ないグリシーヌ。両手に嵌められた四つの指輪にはまるで視力検査にでも使えそうなくらいのごろっとした石がついていて、そのなかのひとつはハリー・ウィンストンのマイクロパヴェだった。本当の金持ちなのだろう。本当の金持ちの条件なんて知らないけれど、何があっても命のひとつやふたつ、びくともしないくらいの、あるいは慎《つつ》ましい家族なら三百年は余裕で生きていけるぐらいの金があるんだろう。

　老婆はそのまま乾燥した顔がぱらぱらと崩れるんじゃないかというくらいの笑顔で店員と話をして、ときどき体をのけぞらせて高い笑い声をあげた。店員もそれに合わせて笑い声をあげた。老婆のまえには華奢《きゃしゃ》なカップに入った温かい紅茶があり、脇《わき》には大きな紙袋が三つ置かれてあった。店で買い物をしてるということは、そんなでもないのかも。まとまった金を落とす重要な顧客には個室が用意されていて、数人の担当者がその客の指示に従って、あるいは好みのものを持ってくるようになっている。客は歩き回る必要がない。その個室がどこにあるのかは知らないけれど、ここでこんなふうにお茶を飲んでるってことは、べつに大した客じゃないのかもしれない。そんなことを考えていたら老婆と目が合った。わたしはにっこりと微笑《ほほえ》んだ。そしてまったく感に堪えないという表情で、ため息をもらしながら、素晴らしいですね、と呟くように声をかけた。

「わたしが？」

「はい……もう、さっきから拝見していて、もう本当に素晴らしいなって」

「いやだ、そんな」

老婆は店員の顔を見てびっくりしたような顔をして、つぎに困ったような表情で高笑いをした。

「いえ……もうさっきから目が離せないんですよ。お召しのコート……そちらフェンディですよね、今季の。わたし、じっさいに着ていらっしゃるかた、初めてお見かけしました」

「あらこれ。そうそう、最初のほうにね、完売しちゃったやつなのよね。あら、でもさっき覗いたら一点だけ再入荷したって言ってたわよ、気になるのなら」

「まさか。買えるわけありません」わたしは笑顔で首を振った。「でも、本当に本当に素敵……もう、素晴らしいですよね」

「まあ、あなたみたいな若い人に素晴らしいなんて言われるなんて、どうしたらいいのかしら」

老婆はぐりぐりに塗りつぶされた真っ赤な唇を左右に引きあげて嬉《うれ》しそうに笑った。若くないですよ、とっくに四十超えてるんですよと心のなかで笑ったけれど、もちろん口には出さなかった。わたしの歳で若くないのなら、この老婆はほとんど死体みたいなものだ。

「それにその指輪……すごいです。美しい。そんなのをじっさいにこう、指につけてみるのってどんな気持ちがするんでしょう。想像もつきません」

「まあ、美しいだなんて」老婆は膝にさっと目を落として、両手をこすり合わせるようにしてからお茶をひとくちすすった。「そうなんです、ユキムラさまはいつも素晴らしくていらっしゃるんです」店員がこちらも感に堪えないという表情で合いの手を入れた。

「ユキムラさま、とおっしゃるんですか。お名前も素敵」

「まあ。幸福の幸に、村なの」

「今、ほんのすこし同席させていただいてるだけなのに、なんだかそのお名前が幸村さまにぴったりのような気がします——って、おかしいですね、こんなの」

「まあ、本当に嬉しいことを言ってくれるのね」老婆はいたずらっぽく笑って左右をきょろきょろ見回すようにして、それから両の手のひらをぱっと広げて言った。

「わたしったら今日、差しあげられるもの、なんにも持っていないわ！」

わたしは老婆を褒めつづけた。丁寧に、上品に、身振り手振りを尽くして老婆を持ちあげた。すっかり機嫌をよくした老婆は店員にわたしにも新しい紅茶を持ってくるように言った。

「いつもここでお買い物されるんですか？」

「ええ、ここには何でもあるから。あちこち行かなくてもいいでしょ」

「そうですよね、たしかに」

「それとねえ、店員さんたちとお話しするのも楽しいのよ。このあいだはミュウミュウの子たちとお食事にも行って、そのまえはステラの子たちと」

「素敵。そんなお付き合いもされるんですね。みんなにすごく喜ばれるんじゃないですか」

「そうねえ、そうだといいんだけれど」

ぐふふふ、と老婆は思わず何かが漏れたんじゃないかというような声を出して嬉しそうに笑って、それからハンカチを取りだして額を何度か押さえた。店員は他の客の相手をするためにソファから離れ、わたしは感じのよい声で小さく、いただきます、と言ってから指先でティーカップの華奢な持ち手をつまんで紅茶を飲んだ。

「あなた、お若く見えるけど、もしかしてお子さまとかいらっしゃるの」

「いいえ」とわたしは小さく首を振った。「結婚もしていないんです。恥ずかしい話ですけれど、ずっと母と二人暮らしなんです」

「まあ。でもお母さまとしては嬉しいんじゃない？　娘がそばにいるって、なんだかんだ言っても嬉しいものだから。うちもそうよ」

「そうなんですね。でも、母もいつもそう言っています。父が早くに亡《な》くなったので、何ていうんでしょう……よくある喩《たと》えですけど、姉妹みたいな感じなんですよね。着るものもお互いに貸し借りしたり。たまに喧嘩《けんか》もしますけどね。でもこの歳になるとそれも楽しいんですよね。それにしても、お洋服とかお洒落《しゃれ》が好きな女の人っていくつになっても好きですよねえ。母を見てるとそう思いますし、もちろん幸村さまも」

「あら、お母さまもお買い物好き？　うちも娘が、そうねえ、今年四十二歳にもなるけど、いまいち趣味が合わなくて。張り合いがないったら」

「まあ、そんな大きなお嬢様がいらっしゃるなんてびっくりです」

「結婚もしないで、毎日何をしてるやら。ヨガだの旅行だのネイルだの、そんなのばっかり。夫も甘いから。何をするでもなく、ぶらぶらよ」

そう言うと、老婆は誰かの噂話《うわさばなし》でもするみたいに、上目遣いでわたしの顔をちらっと見た。

「夫は夫で――へんなのを連れてこられても困るからってね、そう言うのよ。へんな話……おわかりになりますでしょ、知らないどこぞの男に遣われるより、そっくり娘に遺《のこ》してやるほうがいいって言うのよね」

「もちろんわかります。母もそれはいつも、言いますから」

「そうよね、わたしたち、そういうものよね」老婆は安心したように微笑んだ。

それから老婆とわたしは何となく一緒にドルチェ&ガッバーナを出て、おなじフロアにある店をひとつずつ覗いて、どうでもいい話をした。老婆は右手でハンカチを握りしめたまま、今夜はハリー・ウィンストンのパーティーに行くのだと言った。

あら、やっぱりそちら、ハリーですよね。すごい大きさ。ええこれは、そう。これはずいぶん前のだけれど。また勧められちゃうかも、よ。あなたは今夜はどうなさるの。わたしは夕方に母親と待ち合わせして、今夜は銀座でご飯でも食べようかって。それは素敵ねえ、と言いながら老婆はミュウミュウに入って店員と雑談し、わたしもそれに合わせて笑った。そしてどこにつけていくのか見当もつかないティアラを買って、リボンのついたバレエシューズを買って、それからラルフ・ローレンに入ってドレスを試着し、フリルのワンピースを買った。そのあとシャネルに入ってイヤリングを買って、エレベーターで一階に降りた。大丈夫ですか、タクシーまでお持ちしますよ。まあそんな。でも、じゃ、お言葉に甘えて。バッグ売り場にはフェンディの新作が並べられていて、老婆はファーのチャームを手に取った。

「これ、可愛《かわい》らしいと思わない？」

「カールさまですよね。可愛い」

「こちら、プレゼントするわ」

　わたしはぜんぜん驚きもしなかったけれど、口に手をあてて首を振った。「とんでもありません」

「いえいえ、こんなことってなかなかないし。今日の記念に、ね」

老婆はわたしの返事も聞かずに白と黒のファーのチャームを指さして店員にプレゼント包装するように言い、カードで支払いを済ませた。わたしは少し離れた場所から老婆の姿を眺めていた。

「じゃ、はいこれ」

わたしは黙って受け取り、そのまま老婆のあとをついて歩いた。化粧品売り場をまっすぐに、わたしは老婆の買い物したたくさんの紙袋を手に持ち、老婆のあとをついていった。老婆のフェンディの靴のヒールは当然のことながら傷ひとつなく、なんだったら地面から数ミリ浮いているんじゃないかとさえ思うほどにそれは浮世離れして見えた。冗談みたいだった。あの靴とこの靴。あのヒールとこのヒール。おなじ靴という名前がついてそう呼ばれるのも悪い冗談だし、こんなふうに床がどこまでもつるつるしているのも馬鹿げているし、誰かが笑っているのも、息をしていることも足が動くことも、色があることも目が見えることもこの紙袋も、誰かが生きていて誰かが死んでいることも、何もかもがひとつ残らず馬鹿みたいだった。顔をあげるとシャンデリアが顔色ひとつ変えずにそこに静止したまま輝いている。

ほんの少しちからを込めれば、ほんの少しでその時は来るのに、今がその時のはずなのに、わたしはいつものようにその下を黙ったまま通りすぎる。

タクシー乗り場について誘導員に案内されて、老婆の番が来た。誘導員はわたしから老婆の荷物を受け取ってタクシーのトランクに入れた。老婆はしわくちゃの顔でわたしに向かってにっこり笑いかけた。

「楽しかったわ。素敵なお母さまによろしくね」

わたしは一歩足を前に出して、タクシーの後部座席に座った老婆に顔を近づけて、そしてにっこり笑ってこう言った。

「よろしくってなんですか？」

老婆は一瞬わけがわからないというような顔をしてわたしの目を見た。

「だから、よろしくってなんなんですか？　何をよろしく言うんですか？」

老婆はきょとんとした顔をして、何度か瞬《まばた》きをくりかえした。

「死にぞこないの、くそばばあ」

わたしは言葉を覚え始めたばかりの子どもに新しい単語でも教えるみたいに、一言一言をはっきり区切って、そして満面の笑みで老婆の目をしっかりと見つめたまま、そう言った。出してくださいと運転手に小さく声をかけると、バタンと大きな音を立ててドアが閉まり、老婆を乗せたタクシーはそのまま走り去っていった。

そのつぎにやってきたタクシーにわたしは乗り、後部座席でしばらく泣いた。でもそれは泣くというよりもいつものようにただ涙が目から出てくるだけのことで、暑ければ汗が出るのとおなじだし、寒ければ鳥肌がたつのとおなじで、こんなのはなんの意味もない、ただの身体《からだ》の機能だった。ただいつもは家のなかでひとりきりのときに起きることが、今日はたまたまタクシーのなかで起きたというだけのことだ。

運転手は女で、何も言わなかったけれど、泣いているわたしのことを当然のことながら気にしているのがわかった。バックミラー越しに何度か目の合った彼女はどうみても若い女の子で、それもかなり若い女の子で、十代だと言われても不思議じゃないようなあどけない顔つきをしていた。彼女はわたしに話しかけていいものかどうかを悩んでいるみたいだった。

「ずいぶんお若いんじゃないですか」

わたしはバッグからティッシュを取り出して洟《はな》をかみながら話しかけた。われながらひどい鼻声だった。女の子はほっとしたような声で、はい、新卒生です、一年目なんです、と明るい声で返事をした。

「いやな客とかいないの。女の子だといろいろ面倒なことに巻き込まれたりしない」

「あっ、でも、最近はそういうことも徹底されていると言いますか、はい、大丈夫です」

「そっか、そんならよかった」わたしはまた洟をかんで言った。

「東京の人？」

「いいえ、群馬出身です」

「なんでタクシーの運転手に、なったの」

「車の運転が好きだったんです」と嬉しそうに女の子は答えた。「手前味噌《みそ》になりますが、就職活動のときに体験に来たら、会社の雰囲気がすごくよかったんです。ここで働きたいって思いまして、それで」

「一日にどれくらい乗ってるの」

「一日、二十時間くらいです」

「それ長くないの」

「はい、シフト制で、乗車のあとは必ず二日休みをいただきまして、そういうふうに、はい、あの、無理ないかたちで走っております」

そっか、そんならよかった、とわたしは答えて、またしばらく洟をずるずるさせながら泣いた。女の子もわたしも何も話さなかった。信号待ちで車が止まったときに、女の子が少しだけ体をこちらにむけて遠慮がちにハンカチを差しだした。

「あの、よかったら使ってください」

わたしは少し迷ったけれど手を伸ばしてハンカチを受けとって、それを目にあてた。他人の家の匂いがして、それでまた涙があふれてきた。人前なのに、いったいなんでこんなに涙が出るのか自分でもわけがわからなかった。

「お母さんは元気？」

「あっ、わたしの、母ですか」

うんうん、とわたしはハンカチを鼻にあてたまま肯《うなず》いた。バックミラー越しに女の子と目が合って、にっこり笑うのがわかった。

「はい、元気です。農家やってます」

「お母さんいくつ」

「えっと、四十六歳です」

「わたしおなじ歳だよ」

　女の子はハンドルを握りしめたまま背筋をぴんと伸ばして、バックミラー越しにわたしの顔を見た。完全におない歳だよ、とわたしが言うと、そんなあ、と言いながら彼女は笑い始めた。わたしもつられて笑ってしまった。それから彼女は自分の母親の話をしてくれた。心配して煮物とかを送ってくること。飼ってるフナを主人公にした漫画みたいなのを描いていて、それもときどき送ってくること。彼女がわたしてくれたハンカチを鼻にあてたまま、猫とか犬ならまだわかるけどフナってセンスやばくない、と言うと、そうなんですやばいんです、と言ってまた少しだけ笑った。

　会計を済ませて降りるときに、わたしは財布と電話を取りだしてバッグを空っぽにした。腕時計を外してそのなかに入れ、さっき買ったハンドクリームとアイシャドウと美容液を小さな紙袋のままなかに入れ、それから老婆のプレゼントもそこに入れた。そして腕を伸ばしてバッグを助手席に置いた。

「ハンカチ返せないからこれ、代わりに」

えっ、と声を出して驚いてあっけにとられている女の子に小さく手を振ってタクシーを降りた。

買い物袋を抱えたままいつも立ち寄る公園の、いつものベンチに座って、しばらく夕焼けを眺めていた。べつに何を見ているわけでもないけれど、おなじ場所で、おなじところをこうして辛抱強く見つめていれば、向こうから懐《なつ》かしい誰かが、そのままの姿で、わたしがよく知っている姿でやってくるんじゃないかという気がして、そう思ってしまったときからわたしはもう目がそらせない。そんなことありえるわけもないのに、でもいつか誰かがこんなことはぜんぶ嘘《うそ》だったんだよと言いながら、すべてが元に戻るんじゃないかという気がしていて、でも、そんな都合のいいことは、今日もやっぱり起きないみたいだった。

頭のうえ、遥《はる》かうえには、どこからか来てどこかへ帰っていくとしか思えないような空が静かに広がっているだけで、落ちてきそうなものは何もなかった。わたしは靴を脱いで裸足《はだし》の足先をじっと見つめた。肉片にもならず汁も流さず腐りもせず、貫ぬかれもせず押しつぶされもせず、わたしは人間のかたちをして、こうしてベンチに座って息をしていた。足先はもちろんいつもどおり汚くて、バレエシューズの色になんか染まっていなかったけれど、それでも何かを思いだせそうな夕焼けの最後のきれはしが、かすかに降りかかっていた。

マリーの愛の証明

死ね、という言葉を人にむかって決して言ってはならないという教育のおかげで、マリーはこれまで一度も人にむかってそう言ったことはなかったし、また、内心でもそんなふうに思ったことはなかった。マリーへの教育は、「人にむかって言ってはならない」という一点こそが肝心だったので、まわりに誰もいないときや胸のなかでなら、いくらでもそんなふうに言ったり思ったりしてもいいはずだった。けれどマリーはそのようなことを言ったことも思ったことも、これまでただの一度としてないのだった。

けれども、死ね、なんて言葉は当然のことながら、マリーのまわりでは誰もが笑いながら普通に使っていた。それは住む場所が変わってもそうだった。テレビでも、それからたまに見るネットなんて言わずもがな。それは、ごくごくありふれた挨拶《あいさつ》——とまでは言わないけれど、そんなのはまあ、いくらでもある気軽なものなのだ。死ねと言われてそのとおりに死ぬ人間なんてほとんどいない代わりに、死ねなんて言われなくても死んでしまう人間のほうがうんと多い。それは意味を持たない冗談なのだ。そんなことはわかっている。けれど、誰かがふざけてその言葉を口にするのを見聞きするたびに、マリーの体は硬くなった。どこかから父親が——小さな体に似合わない大きな手でマリーの肩をつかみ、彼女のささやかな失敗を何時間もかけて叱責《しつせき》し、執拗《しつよう》に震えあがらせてきたあの父親が飛んでくるんじゃないかとマリーはいちいち真剣に身がまえた。けれどもちろん、音楽室や共同リビングや、通信室や、くすの木の生えた中庭に父親は現れなかった。そう、ここはもう家ではない。ミア寮なのだ。

　そんなふうに父親が現れそうになると、マリーはおまじないでも唱えるみたいにしていつも自分に言い聞かせた。ここはもう家ではない。あれらの日々とともにあった彼女自身の細胞の多くは死に、爪《つめ》や髪の毛だってほとんど生えかわったのだ。彼女はすがるような気持ちで新しくなったはずの自分自身を抱きしめ、その両手で頬を包む。けれど真夜中、何かがマリーの耳元でそっとささやく。何かを思いだせるなら、それは起きてるのとおなじこと。思わずマリーは胸を押さえる。それから何度も瞬《まばた》きをくりかえす。そして――壁に映った樹《き》の影が目のなかで伸びたり縮んだりしないことを確かめる。だいじょうぶ。ぜんぶ終わったことなのだ。眠っているわたしをもう誰も触りにやってきたりはしない。震えるまぶたをしっかりと閉じて眠ったふりをしつづける必要もない。マリーは深呼吸をする。そう、ここはすべてから遠く遠く離れた、ミア寮なのだ。


ある日、マリーは思いがけず湖のほとりに出た。

そんな場所が絵本や童話や物語のなか以外の現実にあるなんて思ってもみなかったので、彼女はとても驚いた。湖のほとり。マリーは、とてもすてきだと思った。向こうには深い緑の森が広がっている。

湖のほとりは、くっきりとしていた。たとえば、ここには砂浜と海の関係みたいに曖昧《あいまい》なところがいっさいない。足を一歩でも踏みだせばそこは湖で、わたしは落ちてしまうだろうけれど、しかしわたしが足を一歩でも踏みださない限り、わたしがそこに落ちてしまうということはない。そう思うと愉快だった。あちらとこちらに、誰にでもわかるようにきちんと線が引かれているのだ。それに、とマリーは思った。ここはまるでケーキのはしっこみたいだ。ふだん小さなフォークを入れて崩してゆくあの断崖《だんがい》絶壁にマリーは立っているような気がした。ところどころ暗く湿った土や雑草でコーティングされたどこまでもつづいてゆくここは膨大なケーキのうえで、自分はいまそこに立っているのだ。森をのせ、でこぼことした丘をのせ、石や、ささやかな花々や小動物たちの死体で飾りつけられた、堂々たる緑色のケーキ。しかしここがケーキであるのなら、それはいつか誰かによって食べられるものでなければならない。お皿にのったケーキはいつか必ず消えるものと決まっているのだ。もちろんそこにはマリーも含まれる。

そしてマリーはふたたび湖に目をやる。それにしても、この水はどこからやってきたのだろう？　どうしてこんなふうに、溢《あふ》れもせず涸《か》れもせず、ちょうどいい水位を保っていられるのだろう？　もしかしたらこの水は、何か大きなもの——わたしたちには想像もつかないものの喉《のど》を潤《うるお》すために用意されたものなのかもしれない。

マリーはそんなことを考える。

人の気配がしてふりむくと、カレンがいた。

マリーは反射的に腕時計に目をやった。集合時間まではまだ四十分ほどあった。本当は来たくなかったんだけれど仕方なく、という表情をして、カレンはマリーのほうに少しずつ近寄ってきた。カレンはマリーの去年のルームメイトで、そして少しまえまで付きあっていた恋人だった。

一ヶ月ほどまえに何時間も、何週間も、少しずつ時間をかけてふたりは念入りに別れ話をして別れたので、いまさらそこにつけ加えるものはなさそうだった。少なくともマリーのほうはそうだった。いまこうして久しぶりに、そしてあらためてこの距離からカレンを見てみると、付きあっていたときにはちらちらと顔をだす程度だったカレンの見かけの好きではないところが、まるでペンで囲って色を変えてわかりやすく示したみたいに、驚くほどくっきり見えるのだった。

たとえば、まだ若いのに皺《しわ》っぽい顔で、頬にはっきりと入ったほうれい線がおばさんみたいで好きじゃなかった。整えすぎた眉毛《まゆげ》のかたちも下品でいやだった。頭が大きくて首が短いところも、乳首が黒ずんでいるのもいやだった。カレンと付きあっているとき、好きだと思っているにもかかわらずマリーにはそういうところがどうしても目についた。恋人のそういうちょっとした部分に心のなかでいちいち評価を下している自分がすごく卑《いや》しくて高慢な人間に思えて気が滅《め》入《い》ることもあったけれど、しかし自分に幻滅してみせたところで何も変わらない。それでカレンが美しくなるわけでもないのだから。

「みんな、あっちにいるよ」カレンは言った。「でも、森のほうに行ったのはあなただけ。いまごろアンナがあっちで心配してるかも」

知ってる、というようにマリーは肯《うなず》いた。筋張った腕を胸のまえで組み、ちりちりした前髪をゆらしながら呆《あき》れるアンナの顔が目に浮かぶ。

マリー、ルールはルールなのよ。落ち着いてはいるけれど、ここにはいない誰かのことを少しだけ思いださせるような声。アンナは不幸で、そして辛抱強い看護係だった。ミア寮にやってきたのは四十歳になったばかりの春。その七年前に彼女は当時一歳になったばかりの娘を亡《な》くしていた。いつもとおなじように頭の少しうえをゆっくり回るメリーの下、仰向けの姿勢でベッドで眠った彼女の娘は翌朝目覚めてこなかった。乳幼児に多くみられる原因不明の突然死症候群。そこにはどんな小さな予兆もこれだと言えるような理由もない。防ぐことは誰にもできなかったんです。医者は言葉を尽くして説明し彼女を慰め、人々は同情して心からの涙を流した。けれどあの日の明け方、まだ薄暗い寝室で娘の太ももに手を触れた瞬間のあの感覚をアンナは生涯忘れることができない。そこにあるはずのものが消滅している――手のひらから伝わったその情報は一瞬でアンナを駆け巡ると同時に、文字通り彼女の息をとめた。

アンナは何度も死のうとした。死がなんであるのかは知りようがなかったけれど、彼女はただ娘とおなじ状態になりたかったのだ。でもできなかった。体重は激減し、誰とも話すこともできず、アンナは確かめようもない過去の可能性のなかをひたすら彷徨《さまよ》った。あのとき寝かしつけるのが一時間遅かったら。部屋の温度が一度でも違っていたら。もし違うものを着させていたら。あのとき最後のミルクの分量が違っていたら。あの夜、彼女をベッドなんかに置かずに抱きあげたまま眠っていたなら。

責めることも赦《ゆる》すこともできない相手との暮らしは、やがて彼女と彼女の夫をある種の昏睡《こんすい》ともいうべき状態に追い込んでいった。何を口に入れても味がせず、眠っていることと起きていることの差が見えない。アンナは入退院をくりかえした。長い調停の果てに離婚が成立したあとアンナは姉の家に身を寄せ、さらに長い時間をかけて、目のまえのマグカップや夕焼けのきれはしや文字や時間の流れに少しずつ輪郭をとりもどしていった。おなじ境遇にある人たちが主催する癒《い》やしの会を知って参加し、そこで自分の経験を語り涙を流せるようになるまでに、さらなる時間を必要とした。娘がいた世界といない世界。誰かによって何かによって、二度と消えることのない線が引かれたその裂け目に立ちつづけて七年が経《た》ったある夜、ようやく彼女に夢を見ない眠りが訪れた。それがどちらの側なのかはわからないし、ただよろめいただけなのかもしれなかったけれど、しかし少なくともアンナは自分自身をほんの少しであれ移動させることができたのだ。それから十年、アンナはミア寮で少女たちの世話をしている。

　マリーは後ろのほうにあるいちばん大きな木の根っこのところに歩いていって、腰を下ろした。カレンもあとからついてきた。そしておなじようにマリーの隣に座りこんだカレンは、ふたりが付きあっていたときの——もちろんマリーにとってはもう何の価値もない思い出ばかりを話した。

はじめてマリーがミア寮に連れてこられたときのこと。そのときの荷物の少なさについて。最初の帰省の許可がでた日の夜、カレンの兄の車の後部座席で、朝まで過ごしたときのこと。そのことが原因で、寮の部屋がべつべつになってしまったこと。そんなひとつの出来事にまつわるさらに細々としたことを、これまで幾度となくくりかえしてきたにもかかわらず、カレンはいつも、まるでいまはじめてあなたに話すんだけど、というような調子で話すのだ。いつまでも。やがてそこに、じっさいには起きなかったことが少しずつまぎれこんでくることになる。誰かの経験による話が自分の願望と入り混じり、経験しなかったことと夢で見た他愛もない内容が、継ぎ目なく入れ替わってゆく。いつものことだった。マリーはぼんやりと湖を眺め、適当にあいづちを打ちながらカレンの話を聞き流していたけれど、はじめてマリーが作曲した歌について話題がさしかかると、やめてよ、と反射的にカレンを睨《にら》みつけた。

「その話はしないでって、まえにも言ったでしょ」

「でも、とてもいい歌だったのに」

今日、偶然にもふたりはおなじ髪形をしていた。頭のちょうど真んなかで分け目をつくってまるい額をだし、おなじ長さのおなじ色の髪を三つ編みにして、左右の肩から胸にむかって垂らしていた。違うのは、それを結っているゴムの色だけだった。やっと一ヶ月が経って、わたしたちが別れたということが何となくまわりに浸透してきたころなのに、こんなふうに並んで座っているところを誰かに見られたりしたらと思うとマリーは暗い気持ちになった。しかもおんなじ髪形だなんて。本当に馬鹿《ばか》みたいだとマリーは胸のなかでため息をついた。だったらさっさと立ち去ればいいのだけれど、カレンはあとからぴったりついてくるだろうし、誰もいない森のほうからふたりで帰ってくるのをみんなに見られるのはもっといやだった。

「とくに話があったわけじゃないんだけれど」とカレンは小さな声で切りだした。

「別れたことじたいにはもう、何にもないの。未練みたいな気持ちもないし……ただ」

「ただ？」マリーは素早く聞き返した。

マリーには会話の最後に「ただ」という言葉を見つけると、そのさきに用意されているものを即座に回収しないではいられない傾向があった。

「ただ？　ただ、なに？」

「……こういうのが一般的に気持ち悪いってことくらいわかってはいるんだけどね。でも、ひとつだけ、聞いておきたかったことがあるんだよね」

「何を？」

「簡単なことよ。あなたが、本当にわたしのことを愛していたのかどうかってこと」

「愛していたか、どうか？」

「そう」とカレンは肯いた。「わたしのことを、本当に愛していたかどうかを、聞いておきたかったってわけ」

「そんなこと聞いて、どうなるの？」マリーは思ったままのことを口にした。そんなことを聞いていったいどうなるの？　まったく理解できないとマリーは思った。そして彼女はカレンのこうしたところ――ナルシストめいた、ひとりよがりな感傷癖にも本当にうんざりしていたことを思いだして、舌打ちしたいような気分になった。

「ねえ、マリー」カレンは微笑《ほほえ》んで言った。

「べつにどうにもならなくたっていいじゃない。どうにかなることばっかり、有益なことにしか人は興味を持っちゃいけないってことはないんだから。わたしが何を知りたいと思おうが、それはわたしの自由じゃない。ねえ、そうじゃない？」

「だったら答えるのも答えないのも、わたしの自由ってことになるよね」とマリーは言った。

「だいたい、愛していたかどうかなんて、いったいどんなふうに答えればいいものなの？　こういう場合、『ええ、わたし、あなたを愛していたわ』って言えば、それですむ話なの？　そういうことが聞きたいの？」

「そんなに難しく考えないでよ」カレンは目を細めた。「愛していたかどうか、あなたにわかる範囲で答えてくれればいいだけのこと」

マリーはカレンの整えられすぎた眉毛を見た。目のかたちに全然あっていないし、その見当違いな角度や長さは、虫の不愉快な触角を思いださせた。もう過ぎたこととはいえ、こんな眉毛をした女の子と何時間もキスしたりしていたんだと思うと、なんだか信じられない思いがした。そして油断すると浮かびあがってこようとする、そのキスの延長にあるさまざまな記憶を打ち消すように、マリーは少し強い口調で言った。

「ねえ、とにかくこんな話は無意味だよ。わたしはもうあなたとは何でもないんだから。何でもない人と、愛の話とかしたくないんだけど」

少しの沈黙のあと、そうよね、とカレンは肯いた。「わたしが間違っていたのかも」

「だったらもう、さきに行ってよ。集合場所に、さきにもどって」腕を組んで眉をひそめるマリーに、しかしカレンはこう言うのだった。

「間違っていたかもっていうのは――さっきわたし、もう未練なんかないって言ったでしょ。そのことよ。もしかしたら、わたしまだあなたのことが好きなのかもね。あなたの写真、わたしまだよく見てるし」

「写真？」とマリーは冷たい声で聞き返した。「何の写真？」

「それはもちろん、わたしが持ってるあなたのすてきな写真よ。ああ、でも大丈夫、心配しないで。誰にも見られないように、ひとりのときにこっそり見るだけだから」そう言うと、カレンはゆっくり微笑んだ。

「……ねえカレン、わたしたちはもうお終《しま》いねって話したあと、今度家に帰ったら、そのときにぜんぶ削除するって約束したよね。それであなたは一度家に帰ったわよね。それで、ぜんぶ消したって言ったよね。あなたがひとでなしでなかったら、あなたはわたしの写真なんて、それがどんな写真であれ、もう一枚だって見られないはずなんだけど」

一言一言を確認するように、マリーはカレンの目をまっすぐに見て言った。カレンは困ったような、とぼけたような顔をして首をふった。

「あなたと約束したあとにね、気が変わったの。思い出って、ほら、誰のものでもないからさ。あったことは、あったことだもの。わたしはそれに従順なだけ」

時計を見ると、集合時間まであと二十分だった。

来たときとおなじようにまた時間をかけて山を下る。そして一時間もすれば、あの見慣れた部屋にいるのだ。そして夕食の時間になるまで共同リビングでいつもとおなじようなメンバーでいつもとおなじようにくだらないテレビを眺める。あるいは自室にこもって、ろくでもない本の続きを読む。書いても書かなくてもいい日記めいたものを書きつける。食事の後の薬の投与、消灯時間の在室確認。瞼《まぶた》のうらの模様がどんどん膨らんでそれがすべてになってしまうまで、シーツにくるまって何も考えないでいる。おなじことのくりかえしだ。

　森や湖をいくら見つめてみても、迫ってくるものはもうどこにもなかった。それで、マリーはぜんぶがどうでもいいような気になった。彼女のふたつの肺のあいだには薄いつくりのコップがひとつあって、こういう気持ちになるたびに——まるで雨漏りを受けつづけるボウルのように、そこに何かが溜《た》まってゆく。水のようにも見えるそれが本当はどんな色をしたどんな液体なのか詳しいことはわからない。どこからやってくるのかも、そしていったいいつになればそれがいっぱいになってしまうのかもわからない。でも、それが溢れてしまったときに、きっと自分は死んでしまうのだとマリーはかたく信じていた。どんなふうに死ぬのかはわからない。事故なのか、殺されるのか、自分で死ぬのかは、わからない。一滴、また一滴。それはマリーのコップを目指して落ちてくる。マリーはミア寮にいるほかの女の子たち同様、死にたいわけではなかった。しあわせになれるのなら、なってみたいとさえ思っていた。かといって、そこにコップが存在しているのもマリーのせいではなかった。もちろん、そこに何かが溜まってゆくことも。

「ねえ」とマリーは湖を眺めたまま小さな声で言った。

「あなたには、できないことってある？」

挑発的な態度をとったのにもかかわらず、マリーが柔らかい口調で話しかけてきたのでカレンは心のなかで驚いた。湖のほうに向けられたマリーの横顔からは、どんな感情もみてとることができなかった。でも、こういう、どことなくぼんやりした表情をしたマリーがカレンは好きだった。たとえば睡眠導入剤を飲んで眠るまでのマリー。だんだん話のすじが曖昧になって、言葉はゆっくりになり、焦点がゆるんで、とても弱い感じがしてくる。窓から染《し》み込んでくる夜の頼りない寒さと、マリーの見分けがつかなくなってくる。ベッドのうえで力を失《な》くして、一秒ごとに色が薄くなってゆくようなマリーを眺めていると、いつだってカレンは何かとても大切なものを思いだしているような気分になった。

「できないことって？」

「できないことよ」マリーは言った。「たとえば――わたしは、人にたいして、死ね、ってことが言えない」

「面とむかって言えないってこと？」

「ううん。黙ってるときも無理。思ったりもできない」

「冗談でも？」

「うん、冗談でも言えないし、思えない」

「それって困ることなの？」

「ううん。べつに困らない」

「だったら、いいじゃない」

「まあね」

「わたしは」カレンは額の裏でもさぐるように目をちょっとあげて、しばらくしてから言った。「わたしは……本が踏めないかな。そうだね、本が踏めない。たぶん、親が教師だったせいかも。本は大事にしろって言われてきたから」

「本が踏めないんだ」

「うん。でもいま思ったんだけど、本だけじゃなくて、パンとかさ、人の顔とかさ、よく考えたら踏めないもののほうが多いんだから、なにも本だけが特別というのではないよね――ねえ、どうして急にそんな話になったの」

カレンはマリーの顔を覗《のぞ》きこんだ。「……もしかして、あなたはいま言えないだけで、本当はわたしに死ねって思ってるってこと？」

「違う」マリーは抑揚のない声で言った。

「だから、そう思えないって話なのよ」

集合時間まであと十分という時間になり、さっきそれぞれが歩いてきた道をふたりでもどっていった。ハナとエリカがふたりを見てひそひそと笑った。看護係のアンナは細い腕の内側でこめかみの汗をぬぐい、それから両腕を何度もふりあげてシートについた草や土をばさばさと振り落としていた。そしてそれを畳みおえると、初夏のまぶしい太陽の下、草原のあちこちに散らばっている女の子たちにむかって、大きな声で時間を知らせた。

アンナはマリーと目が合ってもどこにいたのかとは聞かなかったし、一緒にいたカレンにも何も言わなかった。ミア寮にいる少女たちのなかでいちばん年下のケイトはシロツメクサやそのほかの花を使っていくつも王冠をつくり、それを自分のまわりに並べていた。こうして樹木や草原や空といった大きなものに囲まれていると、ただでさえ細くて小さなケイトは人間よりも草や枝やこちょこちょとした小さな花たちにより近い生き物のように思えた。マリー、これあげる。物をほとんど食べないケイトは少しの風にも震える声でマリーに言う。自由時間をぜんぶ使って人数分を編んだのだと嬉《うれ》しそうに笑いながら、その王冠をマリーの頭のうえにそっとのせた。しばらくしてマリーが冠を手に取って見ると、編んでから時間が経ってしまったせいなのか、それとも最初から花は枯れていたのか——さっきまで真っ白に見えていた花びらはもう茶色に褪《あ》せはじめているのだった。

　月に二度ある、水曜日の午後のピクニック——往復に一時間半ほどかけてする小さな登山が終わって、来たときとおなじように女の子たちは草原の斜面を降りていった。全員の肩にかけられたミア寮のマークの入った水色のショルダーバッグが、女の子たちの歩くリズムに合わせて、腰のあたりでおなじようにゆれていた。アンナがいちばん後ろからその歩みを見守っていた。カレンはマリーのずいぶん先を歩いていた。十分くらい進んだところで、マリーは足を速めてカレンの隣に追いつき、そして大きく息を吐いた。そして、さっきの話のつづきなんだけど、と話しかけた。

「まずひとつ。あなたは踏めないもののほうが多いって言ったけど、そんなことはない。踏めないものの数は、そんなに多くはない。

それからふたつ。あなたがわたしに求めた、愛の証明について。

昔、誰かが、神さまがいるってことを証明してみせたことがあるの。神さまというのは、完全な存在だから神さまなんだ、そして完全であるってことは、〈ない〉よりも〈ある〉のほうを含んでいる、だから神さまは存在するんだ、ってね。わたしがきちんと理解できているかどうかはわからないけど、でも、それを読んだとき、何かがすうっとわかるような感じがしたの。

愛は神さまのように完全ではないだろうから、おなじように証明することはできない。そんなふうに存在できる神さまと愛は違う。それはそうよね。

でも、証明できないからって、それが存在しないことにはならない。人が何かを信じるのは、それが証明されているからじゃないもの。想像できるから信じられるの。つまり——神さまも愛も、ただそんなふうに信じることができるのよ。自分にしかわからない方法で。誰にも伝えられないありかたで、知ることができるのよ。ねえ、人は、本当は、何もないところから愛を生みだすことなんてできないんじゃないかしら。どこかにある大きな愛の一部を自分のものだと錯覚して、そしてそれをやりとりできているような気がしているだけなんじゃないのかしら。ちょっとした光の加減や、風向きでそう思ってしまうけれど、愛じたいは、わたしたちの存在を越えて、最初から最後まできっとどこかにあるもので、愛っていうのはきっと、わたしたち個人のものなんかじゃなくて、どこかにあるものなのよ。どこかにあるそれに、わたしたちはときどき触ったり触らなかったりしているだけなのよ。たぶん。

　わたしがあなたを愛していたかどうかを証明することはできない。けれど、いま自分が誰かを愛していないからといって、愛が消えてしまったことにはならないんじゃないかしら。そしていま自分が誰かに愛されていないからといって、そこに愛がないとはいえないんじゃないかしら。誰に愛されていなくたって、もしその人が愛のことを一度でも知ったことがあるのなら、愛はそこにあるとはいえないだろうか。だから、そのことを悲しむ必要はないんじゃないかとわたしは思う。淋《さび》しく思う必要は、もうないのかもしれない。だって、いまの自分がそれに触っていてもいなくても、それは変わらずどこかにあるんだから、だから——」

　カレンはマリーの話を聞き流しながら、自分が踏んだ石の数――正確には、無数にある石のなかで自分が踏むに値するような石らしい石を選んで、その数をかぞえていた。そして自分がさっきマリーにした――本当にわたしのことを愛していたのかどうかという質問のことも、もうよく思いだせなくなっていた。

　マリーは誰にも気づかれない汗をかきながら、すぐに立ち止まって途方に暮れてしまいそうになる自分の考えを震える指先でつまみながら、正しいと思える言葉たちに一生懸命につないでいった。マリーの愛の証明は、ありふれた理想にすぎなかった。しかし自力でその場所に辿《たど》り着いたマリーにとって、そこから見えるものにかたちをつけてゆくことは、まるで自分自身を手術するくらいに困難なことだった。喉のあたりで小さく渦巻くものを切り分けてあの言葉につなぐ。こみあげて流れだそうとするものはこっちの言葉に。そしてさっき一瞬だけ頬に差し込んだように思えたあの光は、この言葉に。まちがえてはいけない。とりかえしのつかないことになる。マリーは慎重に言葉を選び、クリップで留め、縫合し、それらのつなぎ目がよく見えるように血を洗い流して、そしてそれらを正しく口から出していった。ひとつひとつ。マリーは腋《わき》のしたや頭皮に、ねっとりとした汗をかきつづけた。

空は心細くなるほど青くて、限りがなかった。

アンナはいくつもの後ろ姿を見守りながら、草原のゆるやかな斜面を下っていった。校外学習と呼ばれるこのピクニックの帰り道、アンナはいつもさまざまな困難と問題をかかえたこの女の子たちの人生を、そして自分自身の人生を漠然と俯瞰《ふかん》しているような気持ちになることがあった。そしてうんと良く晴れた今日のような日には、アンナはそこに自分の娘の姿を見つけることもあった。ほかの少女たちとおなじくらいの背格好で、そしてアンナとおなじように癖のあるちりちりした髪をしてこちらを見ている。アンナにはそれが娘であるとひとめでわかる。彼女は笑っている。何か楽しいことがあるんだろう。けれどアンナにはそれが幻であることもわかっている。だから駆け寄っていって娘を抱きしめることができないことも彼女は理解している。けれども、とアンナは思う。それとはべつの仕方で——その足はしっかりと草原を踏みしめ、そしてその手には昼食の残りや大きなシートを詰め込んだバッグをつかんでいるにもかかわらず、でもそれとはべつの仕方で——いつか娘のことを抱きしめることができるんじゃないかとアンナはそんなふうに思っている。だってわたしには娘が見えるのだから。存在しないものを、どうして人が見つめることができるだろう。

すぐ前を歩くレベッカがつまずいてよろけ、反射的にアンナはその腕をとった。少女たちは歩きつづけた。自分にしかわからない話をしながら、それでも誰かとわかりあえることを夢みながら、他愛のないおしゃべりをくりかえしながら、そしていつか、何もかものすべてにすっかり終わりがやってくることを信じながら、女の子たちは彼女たちの住むミア寮へもどっていった。なんとなく二列になって。なんとなく、前をむいて。

ウィステリアと三人の女たち

1

何人かの作業員がやってきて、まず塀が取り壊された。まるで幼い子どもがフォークをふるって、でたらめにケーキを切りくずすときのように煉瓦《れんが》は崩れ、翌日には、庭がそっくり姿をあらわした。

春になるといつも塀越しに花の部分だけを眺めていた藤《ふじ》の木の、全身が見えた。黒々とした幹は思っていたよりも太く、その下にはひょうたん型にくりぬかれた池があった。水はすっかり抜かれ、去年の落ち葉が色を失って底に張りついていた。

その奥には古風な造りの縁側が見える。さらに翌日には小さな黄色のショベルカーがやってきて、怒ったような低いうなり声をあげながら庭を掘り起こしていった。

　藤の木は三十分ほどで切り倒され、土のうえに放りだされた根っこは何かをつかもうとして途中で力尽きた手のようにも見えた。物干し竿《ざお》や、植木鉢や石が、次々にかきまぜられていく。縁側を越えて家屋にも彼らは乗りこんでゆき、そこにある家具や障子なんかをおかまいなしに押し潰《つぶ》していった。家を壊すのってこういうふうにやるんだ。わたしは少し感心した。数メートルの舗道を挟んだはす向かいの角地に建っている、その古くて大きな二階建ての家は目の前で壊されようとしていた。わたしはそれを、二階のキッチンの窓から眺めていた。

　その家には老女が住んでいて、ときどきその姿を見た。わたしたちがここへやってきたのは今からちょうど六年前のことで、その家には何度か引っ越しの挨拶《あいさつ》に訪ねたけれど、誰も出てこなかった。ほんのときどき、朝か夕方にカートにもたれるようにしてゆっくりと家のまわりを歩いている彼女とすれ違うことがあった。会話をするでも言葉を交わすわけでもなかったけれど、そんなときは不思議と気持ちが和むような気がした。いつも黒いブラウスを着て黒のカーディガンを羽織っていて、春の夕暮れ時には、錆《さ》びた門から箒《ほうき》とちりとりを手に持ってゆっくりとした足取りで舗道に出てくるのを見かけた。藤の花びらはよく落ちた。アスファルトの灰色に、白と薄紫の濃淡になって広がり、風が吹くたびに何かを思いだすみたいにふわりと舞った。老女は長い時間をかけてそれらを端のほうから掃き入れていった。少しの風の夜にも花びらは降り、翌朝になるとあたりはもううっすらと色づいている。翌日、またおなじように老女が箒とちりとりを持ってゆっくりと外に出てくる。それが花の終わる頃まで続く。でも、そういえば最近すっかり姿を見かけなくなっていた。最後に見たのはいつだった？　ほかには誰が住んでいたのだっけ。そんなに若くない女性がひとり、出入りしていたような気がする。

「お向かいのおばあちゃん、亡《な》くなったのかな」

夕食のときに、わたしは言ってみた。夫はテレビの画面に目をやったまま、しばらくしてから曖昧《あいまい》な返事をした。

「工事してるの。毎日ものすごい音」

「ああ、解体工事ね」夫は言った。

「そう。いろいろ見える」

わたしは食べ終わった自分の皿を重ねて、流しへ持っていった。夫は缶ビールを飲みながらテレビを見て声を出さずに笑い、皿のうえの野菜炒《やさいいた》めをちびちびと食べていた。土曜日の夜だ。食器をまとめて洗ってしまいたかったので、しばらくのあいだ流しの前に立って夫が食べ終わるのをじっと待っていたけれど、夫はそんなことには気がつかない。しばらくして目が合うと、ビール取って、と言った。わたしは冷蔵庫から冷えたビールを取りだしてテーブルのうえに置き、階段を下りて寝室へ行った。

三歳年上の夫と結婚して、九年になる。

わたしが二十九歳で、夫が三十二歳のときだ。その三年後に、この家を買った。

夫は外資系製薬会社の営業職に就いていて、毎朝きっかり八時に家を出てゆく。

夫を見送ったあと、わたしは家のまわりを掃いてから水を撒《ま》き、朝食の後片づけをしてタオルやらシーツやらをまとめて洗濯機に入れて、スタートボタンを押す。数十分後に洗い終わったものを干し、リビングとふたつの部屋に掃除機をかける。十一時半になると簡単な昼食を作って食べ、それから駅前のスーパーに食材を買いにでかける。歩いて十分ほどの距離だ。買うものはほとんど決まっていて、いつも似たようなものをかごに入れる。冷蔵庫に物がたくさん入っているのを夫が嫌うので、その日に使う物をその日に買うようにしているのだ。だからいつも冷蔵庫の中はがらんとしている。

時間をかけてキッチンを磨き、ときどき窓を拭《ふ》く。腕をのばして、裏も表もできるだけ磨く。六時頃に夕食を作りはじめて、できあがったものをひとりで食べる。テレビをつけて、テレビを消す。十時頃、夫が帰ってくる。シャワーを浴びているあいだに作っておいた食事を温めなおす。夫はときどき嘘《うそ》をつく。深夜の情報番組を見ながらビールを飲み、食べ終わるとベッドにもぐりこんで長いあいだスマートフォンの青白い画面を見つめている。夫の目のまわりは朝がくるたびに暗く沈み、もたれかかるようにドアを開けて、家を出る。

2

家を買うと同時に、そろそろ子どもを作ってもいいんじゃないかという雰囲気になって、しばらく試してみたことがあった。しかしわたしはなかなか妊娠しなかった。加齢するごとに自然に妊娠することがだんだん難しくなるというのは何となく知ってはいたけれど、多くの人たちとおなじように、それまでわたしは自分が妊娠しないかもしれないなんてことを真剣に考えたことはなかった。持病もないし、生理周期はいつも見事なくらいに規則正しかった。だから意識的にタイミングを合わせさえすれば、そのうちに妊娠するものだと思っていたのだ。基礎体温をきちんと測るようにして半年が過ぎて一年が経《た》っても、妊娠する気配はなかった。

ネットで調べてみると、わたしたちはすでに専門のクリニックを受診してきちんと検査をし、しかるべき治療を開始する段階にいるのだということがわかった。わたしはこれから受けることになるかもしれない不妊治療について調べてみた。検査の種類、それに伴う実際的な痛み、精神的な苦痛。信じられないような高額の費用、何人もの体験談、そしてこの選択が終わりの見えない治療の始まりの第一歩になるかもしれない可能性——そんな世界があることを知らなかったのはもちろん、そこにあったのはわたしには想像もできないものばかりだった。それから二ヶ月ほどのあいだ、わたしは図書館へ行って不妊治療についての本を読み、そして一日のほとんどをネットに費やすことになった。これまで何も知らずにいた自分を思うと恐ろしいような気持ちになったし、すでに自分の体から妊娠するための機能が失われているのかもしれないと思うと、これまで感じたことのない不安のようなものが押し寄せてきた。ただひとつ確実だったのは、もし子どもを持ちたいのであれば一時間でも早く治療を開始すること。それには夫の理解と協力が不可欠だということだった。

　ある夜、近いうちにクリニックを一緒に受診してみないかと夫に持ちかけてみた。事前に話す内容を頭の中で細かく整理して何度も練習をした。妊娠するためにはうまくいかない原因をはっきりさせなければならないこと、ふたりそろっての検査が必要であること。わたしは言葉を慎重に選びながら説明していった。

　足の爪《つめ》を切っていた夫は顔をあげると、眉《まゆ》をひそめて露骨にいやな表情をした。

この顔だ。何か尖《とが》ったもので肺と肺のあいだを思いきり突き刺されるみたいに、はっきりとした痛みが走る。この表情を見るといつも胸のあたりが苦しくなる。一度、本当に何かが刺さっているんじゃないかと思ってブラウスのボタンを外して確かめたこともある。音が聴こえそうなほどの鋭い痛み。

「検査って、なんの。だって、べつに悪いところとかないんでしょ」

「そういうことじゃないの」とわたしは注意深く言った。「生理がきちんと来ていても、ちゃんと排卵しているのかどうかわからないし、もし排卵していても、その状態を調べないといけなくて」

「ふたりで行く必要があるの」

わたしは何度か小さく深呼吸をしてから、夫の顔を見ないままで言った。

「……その、あなたの精子の運動率や量といったことも検査しないといけないんだよ。わたしたちの年齢で一年近く試してうまくいかないってことは、何らかの原因があって……それによって治療方針を決めないといけないみたいなんだよ」

「治療方針？」と夫は眉根をよせた。「不妊治療ってこと？　おれたち不妊治療するの？」

そういうことじゃなくて、とわたしは小さな声で言った。

「……とにかくまず二人で受診してみないと、何もわからないから」

夫はゴミ箱のうえで爪切りを何度か振って中に入った爪をぱらぱらと捨てた。そして何をするでもなく壁のあたりをじっと見つめていた。絵も何も掛かっていない、ただの白い壁だ。それからしばらくして夫の携帯電話の着信音が鳴った。取引先の相手だと独り言のように呟《つぶや》き、夫はリビングを出て階段を下りていった。ドアの閉まるのとほとんど同時に、どうも、という声が聞こえてきた。

　夫は不妊治療についてはもちろん、どうしてわたしが妊娠しないのか、それについてとくに疑問を持ったこともないのだろう。それどころか、排卵というものがいったいなんなのかだってろくに知らないに違いない。まさか自分に不妊の原因があるかもしれないなんて想像したこともないはずだ。検査が必要だと言われたことで、ひょっとしたら自分に欠陥があるかもしれない可能性を暗に指摘されたように感じて腹を立てたのかもしれない。でもそれは、何も特別なことではなかった。不妊治療の記録を綴《つづ》ったブログにもよく書かれているような、夫側のごくありふれた反応である。眉間《みけん》に皺《しわ》をよせた夫の顔を思いだす。反射的に首を振ってしまう。あるいは、とわたしは思う。あれはべつに不妊治療に対する反応ではなくて、わたしから何かを提案されたことがただ単に気に入らなかっただけなのかもしれない。わたしに何かを指図されたように感じて、それが面白くなかったのかもしれない。もともと人にあれこれ言われるのを極端に嫌う性格だけれど、とりわけわたしに意見されることには我慢ならないはずだからだ。

それから、わたしの話なんてまるでなかったかのような数日が過ぎ、二週間が経ったある日の夜、電気を消したあとの寝室で、夫が突然口を開いた。

「まえに言ってたクリニックのことだけどさ」

夫は言った。

「おれはさ、自然でいいと思うんだよ」

わたしは黙っていた。夫は淡々と話をつづけた。

「だって本来、子どもっていうのは授かりものだろ。それに不妊治療って本当にきりがないみたいだよ。一千万とか二千万とかかけて駄目だったってことも、ざらにあるらしいし。端的に言って、そんな金を出せるはずもないし。それにおれたち、絶対に子どもが欲しいってわけでもなかったじゃないか。なんかおまえ、突然その気になってさ、ちょっとびっくりしたよ。それに必死にやってうまくいかなかったときのこと、考えてみたことある？　そういうことも全部わかったうえで話をしたの？　もっとわかりやすくいえばさ、もし不妊治療に失敗したらおれたちは子どもが欲しくてもできなかった夫婦になるよね。作らなかったんじゃなくて、できなかった夫婦になるんだ。でも、できたらそれでいいし、できなければそれはそれで仕方ないってスタンスでいたらさ、そういうのとは違うじゃない。子どものいない、ただの夫婦でいられるじゃない。わかるかな、おれの言ってること。何かをはっきりさせるにはそれなりの責任が生まれるっていう話。それについてはきちんと考えたの。どうなの」

　夫の声は暗闇《くらやみ》の中で、まるで商品に欠陥がないかを執拗《しつよう》にチェックする鑑査員の人さし指のようにわたしに迫ってきた。いつものことだ。夫の声が空気を震わせるたびに、わたしの体は外側から少しずつ削られるようにして硬く縮まってゆく。聞いてるの。うん。わたしは暗闇の中で目を開けたまま、ただ胸の痛みについて考えていた。夫はしばらくしてそのまま眠ったようだった。それからわたしたちのあいだで子どもの話題が出ることはなかった。そして夫はわたしをセックスに誘わなくなった。気がつけばわたしは三十八歳になり、夫は四十一歳になった。

3

工事の音が聞こえなくなったことに気がついたのは、三月の最後の週だった。雨のせいで作業が停止しているのだと何となく思っていたけれど、考えてみれば、しばらく雨は降っていない。今日も晴れている。月曜日だ。キッチンの窓から外を見ると、相変わらずそこには壊されつつある家があった。

時計を見ると正午を回ったところだった。誰かがそこで作業していたような気配はない。けれど今朝わたしが気づかなかっただけで、もしかしたら今は昼休みでみんな昼食のためにどこかへ移動しているだけなのかもしれない。寝室の絨毯《じゅうたん》に掃除機をかけ、トイレの掃除を済ませてキッチンへ戻り、わたしはもう一度、窓から外を見た。しかし作業員の姿はどこにもなかった。こちら側に立っている電柱とあちら側に立っている電柱をつなぐ電線がかすかにゆれているだけで、誰の姿もない。舗道を塞《ふさ》いでいた作業用のトラックも、そういえば最近は見ていない。かつて庭だった場所には瓦礫《がれき》が重なり、黄色のショベルカーがそこに乗りあげるかっこうでぴたりと静止していた。

ここから見る限り、解体作業は全体の三分の一ほど進んでいるという印象だった。工事はいつからストップしてしまったのだろう。わたしは念入りに手を洗ってからタオルでふき、食器棚にもたれてそのまま家を眺めていた。瓦礫のうえを動くものがあり、目を凝らすとそれは一匹の大きな黒猫で、右から左へゆっくりと横切っていくのが見えた。尻尾《しっぽ》をぴんと伸ばして顔をまっすぐにあげ、まるで時間そのものにしるしでもつけていくみたいに猫は歩いていった。わたしは瓦礫のうえを柔らかに踏みしめていく、猫の足の裏のまるいふくらみのことを思った。黒猫の姿が完全に見えなくなると、マグカップに紅茶を淹《い》れて立ったままそれを飲んだ。

耳を澄ましても何の音もしない。リビングのカーテンに落ちた光も影もぴくりともしない。このあたりの人はみんな、こんな時間には何をしているんだろう？　そしてすぐに自分が誰のことも思いだせないことに気がつく。このあたりの人って、いったい誰なのだ？　両隣の家のことだって、だいたいの家族構成と車の色以外、わたしは何も知らないというのに。食器棚にもたれかかってひとしきり家を眺めたあと、階段を降りて玄関にゆき、スニーカーを履いて外へ出た。

三月だというのに陽射《ひざ》しは強く、薄手のセーターの下でうっすらと汗ばむほどだった。剝《む》きだしになった家屋は、ところどころに積みあげられた瓦礫の向こうで静止していた。工事が始まってから何度も前を通ってきたけれど、こんなふうに立ち止まってじっくりと眺めてみるのはこれが初めてだった。大きな家だということはわかっていたけれど、敷地も家屋も、二階のキッチンから見下ろすよりひとまわりもふたまわりも大きく感じられる。これで何坪くらいあるのだろう。このあたりの建売住宅を三つか四つ合わせてもまだ足りないくらいの大きさがある。

へし折られた廃材の先端がそこらじゅうで鋭く尖り、作業員たちが灰皿代わりにしていたらしいペンキの缶が半分土に埋まっていた。業務用のシャベルは地面に倒れたままになっていた。軍手が木の板にはりつき、盛土や瓦礫にまじったガラス片が太陽の光を反射させて、ときおりきらりと光った。ショベルカーのキャタピラには白く乾いた泥がこびりつき、今まさに持ちあげられようとしていたアームの先端には土塊《つちくれ》が残ったまま、空中で行き場を失っていた。まるでこの一帯の時間だけが何の予告もなくぴたりと止められて、彼らはそのことをうまく理解できないでいるみたいだった。

わたしが家を眺めていたのは、おそらく五分か十分か、それくらいだったと思う。でも時計は持っていなかったし、正確なところはわからない。ふと気配がして目をあげると、女が立っているのが見えた。

左の前方、たしか玄関と門があったあたりだ。背はわたしとおなじくらいで、長《なが》袖《そで》の黒いワンピースを着ている。体に沿って下ろされた両腕が、少し長すぎるような気がした。ここからみると、指先がひざ頭のあたりまで伸びているように見える。無意識のうちにわたしは組んでいた腕を下ろし、自分の指先がどのあたりまでくるのかを確認した。太股《ふともも》の真ん中あたりだ。そしてもう一度女のほうを見た。わたしとおなじように、家を眺めているみたいだった。

「雨、降らないですね」女が言った。

「ええ」わたしは返事をした。それから彼女はゆっくりとこちらへ向かって歩いてきた。わたしたちは並んで家を眺めるようなかっこうになった。歳《とし》はおなじくらいだろうか。化粧っ気のない顔にはところどころしみが浮きでて、量が多くうねりのある黒い髪を後ろでひとつに結び、前髪をあげたその額は驚くほど狭かった。瞼《まぶた》に少し力を入れて目を見開けば、眉毛と生え際《ぎわ》がくっついてしまうんじゃないかというくらいの幅しかなく、まるみがなかった。襟足や耳のまわりの黒々とした後れ毛が渦を巻き、うっすらと汗をかいた肌に張りついていた。女はこのあたりに住んでいる人ではないような気がした。しかしバッグも何も持っていないところをみると散歩の途中なのかもしれない。わからない。

「ここを見てるんですか？」女がわたしに訊《たず》ねた。

「ええ」

「わたしも、解体工事が始まってからときどきこうして見ているんです」女は言った。

「わたしは、そこに住んでいるから」上半身を少しひねってわたしは家を示してみせた。「窓から見えるんです。工事をしているのが」

「音が大変じゃないですか？」

女の声は高くもなく低くもなく、耳に心地よく伝わってきた。こんな挨拶程度のやりとりでさえ、誰かと話すのは久しぶりだった。いってらっしゃい。おかえり。

どれくらい食べる？　そこに置いておいて。先に寝るから。頭の中で自分の平板な声が再生される。

「あんまり気にならないですね」少ししてから、わたしは答えた。

「へえ。わたしだったら気になってしょうがないかも。ほら、物が壊されるときって独特の音がするじゃないですか」

「独特の音？」

「ええ」女は家に顔を向けたまま肯《うなず》いた。「壊される音です」

わたしは頭の中で女が言ったことをくりかえしてみた。壊される音？　それから目の前の家をじっと見つめてみた。けれどこの数週間、ここでどんな音が鳴っていたのか、どんな音を立てて家が壊されつつあったのか、思いだすことはできなかった。

「壊される音、ですか」

「そう。壊される音ですね」

「あの」わたしはしばらくしてから質問をした。「でも、壊されるっていっても、色々あるでしょう」

「色々？」

「その、音っていうのは材質にもよるんじゃないですか」

「材質？」

「ええ、その……ガラスとか木とか、違うじゃないですか。それによって音も変わるだろうから、おなじ壊されるにしても、違う音がするものなんじゃないんですか」

「いえ」女ははっきりとした口調でつづけた。「材質も大きさも、関係ないですね。それがなんであれ、壊されるときにしか聴こえない音の成分みたいなのがあるんです」

「成分？」

「ええ。それはうっかりグラスを落として割ってしまったときとか、不注意で車をぶつけてサイドミラーを折ってしまったときなんかには聴こえない種類の音なんです」

「そういうのが、わかるんですか」

「はい」女は肯いた。「わかりますね。和音の中で鳴っている一音を聞き分けるみたいに。そこに混じっている音がわかるんです」

「いったい何が、その、音の成分を出しているんですか？」わたしは質問をつづけた。

「なんなんでしょうね」女は少し考えるようにして言った。「でも、つもりみたいなものを感じることはありますね」

「つもり？」

「それが壊す側のものなのか、壊されるほうのものなのかはわからないけど」女は言った。「とにかくそこにはつもりのようなものがあって、それが聴こえるわけです。ただ壊れていくことと、壊されるということは、別のことなんです。今度、注意して聴いてみてください。きっとわかりますから」

曖昧に肯いてみせたけれど、当然のことながらわたしには女が何を言っているのかよくわからないままだった。黙っていると、女はゆっくりと敷地の枠に沿って歩きはじめた。そして最初に立っていたあたりに移動してから敷地に足を踏み入れ、家屋に向かって歩きだした。瓦礫や工具がでたらめに積まれているせいで、女の足取りはまるで家に吸い寄せられるみたいにふらふらとして、不安定だった。なんとか残された家屋に辿《たど》り着くと縁側に手をついて中をのぞき込むように身を乗りだし、しばらくするとまたおなじように瓦礫やでこぼことした土塊をよけながら敷地を歩いて、わたしの隣に戻ってきた。気温が上昇して日をうける背中が熱くなり、薄手のセーターを一枚着ているだけなのに、いつまでも眠ることのできない熱帯夜のような息苦しさを感じた。額に汗がにじんで、手の甲でそれを拭《ぬぐ》った。

「じつは、昼間にこの家にくるのは初めてなんです」しばらくして女が言った。

「昼間？」

「はい。このまえ来たのは夜でした。真夜中です。一時とか二時とか」

「夜中に？」

「ええ」女は言った。「じつはわたし、ときどき空き家に入るんですよ」

「空き家に入る？」わたしは訊ねた。「どこの」

「どこでも」と女は言った。

「マンションでも一軒家でもアパートでも、古いのでも狭いのでも、新しいのでも広いのでも。空き家であればどこでもいいんです」

今度はもっとはっきりとした笑顔をつくって、女はわたしを見た。目の下のしわが横に伸びて、唇の隙間《すきま》から歯が見えた。

「このあいだまで誰かが住んでいて、出ていって、また次の借り手が見つかるまで放ったままにされている、ふつうの空き家。あるいは、もう長いこと誰も住んでいない古い部屋。荷物がすっかり運び出されて、壁と天井と床だけになった部屋」と女は言った。

「入って、何をするの」

「何もしません」と女は答えた。「ただ、ときどきそういう家に入ってみるだけです」

「どうして夜なの」わたしはつづけた。「人目につかないから？」

「もちろんそれもあります」女はかすかに笑った。「夜の家というものが、わたしは好きなんです」

でも、夜の空き家は暗いはずだ。

「もちろん」女は肯いた。「ブレーカーは落ちてますし、真っ暗なままです。それで、真っ暗なリビングで、ワンルームならその部屋の真ん中で、じっと座ってみるんです。それから仰向けになって、ゆっくりと瞬《まばた》きをしてみるんです。するとだんだん目が慣れてきて、いろいろなものが見えるようになります。家には窓があります。どんな夜にも光はあるし、どんな小さな窓からでも、その光は入ってきます」

わたしは、暗闇の中で女がゆっくり瞬きをするのを思い浮かべた。

「そう」女は肯いた。「そんなふうにしばらく部屋の中でいて、それで出ていくんです。何にもしません。もちろん靴は脱いで入りますよ。隣の部屋の音や人の話し声が聞こえるときもあれば、何の音もしないときもあります。誰かが廊下を通りすぎてゆく靴音が聞こえることもあれば、すぐ前のドアが大きな音をたてて人が出入りすることもあります。でもだいたいは静かだし、ほかの住人と顔を合わせることもありません。夜だから人々が内見にやってくることもないし、誰かが忘れ物を取りに戻ることもない」

「鍵《かぎ》はどうするんですか」とわたしは質問した。「それに、入れるような空き家なんてどうやって見つけるんですか」

「不動産屋のサイトで賃貸物件のページを見るんですよ」女は料理のちょっとしたこつでも教えるように言った。「家賃の高いところはセキュリティーがしっかりしているからだめ。管理人がいるような大げさなマンションも避けます。そこそこ古くて、情報が掲載されてから一ヶ月から二ヶ月くらい借り手がついていないようなところがいいですね。鍵はたいてい郵便受けの上面か、玄関の横の配管や計測器があるところの側面に磁石でくっつけられています。そうじゃなければガスメーターのうえに置かれたままになっています。一軒家の場合は少し確率が下がりますけど、まあ似たようなところにあります。そこになければ、あきらめます。でも三軒に一軒は、だいたいうまくゆきますよ」

　わたしは誰もいない真夜中の空き家を想像してみた。家具も、誰の息遣いもなく、暗闇以外は何もない部屋。夜のどこかにある光が窓をそっと通過して、やがて部屋を侵食しはじめ、だんだん青味が増してくる。するとさっきまで何もなかった床の真ん中が濃い青に膨らみはじめ、曖昧な輪郭が盛りあがるように現れる。しばらくじっと目を凝らしていると、それが仰向けになった女の体だということに気がつく。床にだらりと放りだされた女の腕はやはり奇妙に長く、青い闇の中でさらに少しずつ伸びはじめているような気がする。青い影をたっぷりと含んだ女の腕がだんだんこちら側に伸びてくる。わたしは顔をあげる。女は家を眺めている。

「ここにも、入ったんですか」

「いいえ」女は首を振った。「間に合わなかったんです。家屋つきの土地が売りに出たと知って、わりとすぐに来てみたんですが、すでに解体工事は始まっていました。こんなに大きな空き家に出くわすのってあまりないことだし、楽しみにしていたんですけれどね」

「でも、もうしばらく工事が止まったままなんですよ」わたしは言った。「何か変更があったのかもしれない」

わたしと女は黙ったまま、家を眺めていた。瓦礫の向こうに見える床の間のあたりで、何かがふっと動いたような気がした。しばらく目を凝らしてみたけれど、しかしそのあとはもう何の気配もしなかった。

「雨のにおいがしますね」

その腕の長い女は顔をあげて、そう言った。

4

その夜から、雨は二日間つづいた。

　夫が家を出たあと、わたしはいつもより丁寧に家の隅々にまで掃除機をかけ、固く絞った雑巾《ぞうきん》で床を拭いた。乾燥機にかけた洗濯物をほぐして、そのひとつひとつにきちんとアイロンをかけていった。雨はときおり土砂降りのようになり、窓ガラスのうえを誰かが駆け抜けるような音をたてながら風が激しく打ちつけていった。遠くで雷鳴が低く響き、それを聴きながらスチールのたわしで鍋《なべ》の底を磨いた。

　日が沈むと、冷蔵庫にある残り物の野菜と冷凍してあった鶏肉《とりにく》を使って適当な料理をつくって米を二合炊《た》き、冷蔵庫を開けてビールが冷えていることを確認した。雨は弱まることなく降りつづけていた。

「今週末、接待だよ」

　帰ってきた夫はテレビを見ながらため息混じりに言った。泊まりがけの出張だ。得意先とのゴルフで、もともと行く予定だった上司のひとりが胃腸風邪にかかって行けなくなり、その埋め合わせで同行することになったと夫は説明した。なんで冬でもないのに温泉まで入らなきゃいけないんだよ。夕食を終えた夫はクラブの準備をしながら文句を言った。わたしは夫の話を聞き流しながら食器を洗い、それが終わると食器棚にもたれて窓から家を眺めていた。暗く沈んだガラス窓にはわたしの顔が映っていた。その奥にある夜の中に、家はあった。

夜の暗さも、ぼうぼうと鳴る風の音も、ときおり低く唸《うな》る雷の響きも、雨の音も、そして雨も、すべてが半分壊されて剝きだしになったあの家の傷口から流れだしているような気がした。外灯の明るさが及ばない家は、突然に現れた何か得体の知れない暗い塊のようにもみえた。緩やかな勾配《こうばい》のついたわたしと家のあいだの舗道を、雨がまるで生き物のように流れていった。何かに追われながら何かを目指す群衆のように、水は黒々と脈打ちながらわたしの顔のうえを流れていった。その動きに触れようと指先をガラスにつけたときに、夫の声に気がついた。

「さっきから呼んでるのに」

「聞こえなかった」わたしは言った。ほんとに聞こえなかったのだ。

「なんか笑っているみたいだったけど」と夫は言った。「何が面白いの」

夫はわたしを一瞥《いちべつ》した。

「毎日頭がおかしくなるくらい働いて、土日まで接待だからね」

「さっき、呼んだのは何だったの」とわたしは訊《き》いてみた。

夫はそれには答えなかった。

土曜日の早朝、ゴルフセットを車に積んだ夫が出て行くと、わたしはいつものように家事を済ませ、夜になるのを待った。雨があがってから三日が経っていた。ゆっくりと時間をかけて太陽は移動し、やがて西の空に沈み、薄暮がアスファルトや木々や家々に溶けて夜の暗さがやってくるまで、長い時間がかかった。九時になり、十一時を過ぎ、わたしはほとんど何も考えずに、膝《ひざ》を立てたかっこうでソファにただじっと座っていた。どこかで犬の鳴き声がした。怒っているのか悲しんでいるのかわからないような鳴き声だった。携帯電話で話しながら歩く若い女の声も聞こえた。それからバイクのエンジン音が響き、大きな音をたてて走り去っていくのが聞こえた。それが過ぎてしまうと、もう音はしなくなった。わたしはソファのうえでさらに夜が深くなってゆくのを待った。そして午前一時になったことを確認して、家を出た。

かつて庭だった場所には、小さな水たまりがいくつか残っていた。わたしは小さく息を吸い込んでから注意深くスニーカーの靴底を地面につけ、一歩を踏み出した。そして足下の瓦礫を確認しながら、慎重に足を進めていった。ただ歩くだけのことに全身がこわばり、背中にはねっとりとした汗をかきはじめていた。まるで寝静まった獰猛《どうもう》な生き物のすぐそばを通り抜けるように息を殺し、わたしは少しずつ前進した。しかしそんなふうに近づけば近づくほど、家はわたしから離れていくような気がした。わたしと家のあいだにある瓦礫をのせた暗い庭は少しずつ拡大しながら、わたしを小さくしていくようだった。振りかえると、遠くのほうで何かがまるく、そしてぼんやりと光っているのが見えて、それが自分の家の玄関灯であることに気がつくまでに少し時間がかかった。ほんの十数メートル先にあるはずのその光は遠く、目を凝らさなければすぐに消え入ってしまう星の瞬《またた》きのように感じられた。

　半分残された屋根のおかげで、畳は濡《ぬ》れていなかった。かつて居間だったはずの――半分が破壊されたその場所に、少し迷って脱いだスニーカーをそろえて置き、両手と膝をついたままのかっこうでゆっくりと奥へ進んでいった。そして柱のあるところまでゆくと手をついて立ちあがり、外から見えていた床の間のまえを通って、右手の方へそろそろと歩いていった。家屋の中には薄くて青い夜の光が不思議なくらいたっぷりと満ちていた。

少し見つめるだけで、畳のうえにはまるで騙《だま》し絵の中に隠されていた絵柄みたいに色々な物の姿が浮かびあがってきた。消しゴムのついた使い古しの鉛筆。白いコーヒーカップ。大きな壁掛け用のカレンダーのうえには手ぬぐいのような布が泥にまみれたまましっかりと固まっている。ばらばらになった雑誌。金色の細工が施された表彰盾。錆びついているのがここからでもわかる小さなカミソリ。電卓。何かのコードのようなもの。ひきだしがまるごと落ちていて、不揃《ふぞろ》いに束ねられた紙が飛びだしている。そんなものたちが判別のつかない砕片とともに、わたしの足下に散らばっていた。そして深い色をした二脚のソファ。その奥には棚があり、レコードプレイヤーらしきものが見えた。わたしはそれらをひとつひとつ眺めながら少しずつ移動し、やがて家屋の奥へとつづく細い廊下に出た。

廊下に出るとさっきまであたりを満たしていた青さは遠のき、それとはまったく質の違う濃い闇が目の中に広がっていった。足の指に力を入れるたびに廊下が音を立てた。何歩くらい進んだのかはわからない。一歩進むごとに暗さは増し、胸がどきどきと鳴った。それを追いかけるように耳の奥で鼓膜が奇妙な音をたてた。

やがて廊下は突き当たり、足の指先で探ってみると左側に敷居があった。さらに足を伸ばすと、絨毯の感触がした。ここから先は部屋になっているのだ。口のなかに溜《た》まった唾《つば》を飲むと、体が揺れるくらい大きな音がした。わたしは部屋の中へ入った。

さっきまでは感じなかった雨の残り香と他人の家の匂《にお》いが立ちこめて、咽《むせ》そうになった次の瞬間――背後で大きく空気の動くような、あるいは――襖《ふすま》か何かが引かれたような気配がして思わず叫び声をあげそうになった。全身が打たれたように固まり、かすかに肘《ひじ》が震えるのがわかった。

それから、何も見えないことに気がついた。

心臓はまだ音を立てていた。自分の体も見えないほど暗く、物音ひとつしない夜の真ん中で、膝も肘も顎《あご》も小刻みに震えつづけていた。今すぐに来た道を這《は》ってでも、少しでも光の届く場所に戻らなければならないのではないか。はっきりした恐怖に急《せ》きたてられ、鼓動はさらに速まった。でも体は動かなかった。そして自分が水を持っていないことに気がついた。水がない。わたしは何度も唇を舐《な》めた。もしここから出られなくなったらどうしたらいいのだろう。口の中が急激に乾いていくような気がした。そして、なんとか冷静になろうと深呼吸をした。ここから目と鼻の先に自分の家があり、水が飲みたくなれば戻ればいいだけの話だ。何も問題はない。わたしは自分にゆっくりと言い聞かせた。でも、それは本当なんだろうか。帰ろうと思えばいつでも帰ることのできる場所なんて、そんなもの本当にあるのだろうか。

そこにどれくらいのあいだ立っていたのかはわからない。しかし暗闇に目が慣れる気配はなかった。家には窓がありますからね。数日前に会った女の言葉をわたしは思いだしていた。どんな夜にも光はあるし、どんな小さな窓からでも、その光は入ってきます。女が薄笑いを浮かべてわたしを見る。でも、わたしが今いる場所にはどんな光も届かなかった。わたしは頭の中でここまでの順路を確認してみた。居間を抜けて廊下に出て、そこを左にゆき、突き当たった。そしてそのさらに左手に、この部屋はあった。足の指先で絨毯の感触を確認したし、今こうして立っている足の裏にもその毛羽立ちを感じることができる。どれくらい廊下を歩いたのだろう。何歩くらいだった？　思いだせない。しかしいずれにせよ、ここは二階建ての家の、一階部分なのだ。納戸《なんど》や地下室というわけじゃない。あの女の言うとおり、ここにも窓はあるはずなのだ。ただ光がやってこないだけで。

部屋の奥へ入っていった。足の裏に絨毯の感触を覚えるだけで、物には何も当たらなかった。さっき通ってきた居間にはたくさんの物が散らばっていた。表彰盾、カミソリ、カレンダー、そして粉々に破壊されて名前を失った、無数の破片たち。物が壊されるときには独特の音がするんですよ。女の声がした。壊される音？　それはどんな音なのだ？　もしそんな音があるとして、壊されるものはその音を聞くことができるのだろうか。自分が壊されつつあるのだということを、彼らは理解するのだろうか？

　しかしこの部屋はそのような状態にはなかった。足にはひとつの残骸《ざんがい》も当たらず、足の裏に触れる絨毯の毛羽立ちには、かすかな生命力のようなものが感じられた。居間がある種の殺戮《さつりく》とともに死んだ場所であるなら、この部屋はまだかろうじて生き延びた何かが息をしている場所だった。三歩進んでから、わたしはゆっくりとしゃがみこみ、膝をついた。両手を絨毯のうえに下ろし、指先で小さな輪を描くように少しずつその面積を広げ、さするように確認した。やはりそこには何もなかった。さらに時間をかけて体を後ろに倒し、仰向けになった。手足のちからを抜いて四方に放ったまま動かずにいると、暗闇と自分自身の境目がだんだん曖昧になっていった。そこでは上下する腹部の感覚だけが、この部屋の暗闇とわたし自身を区別するものだった。

5

ここは、なんの部屋だったのだろう。

どんな色と形をした絨毯なのかはわからないけど、そんなに毛足の長くない、これといった特長のない手触りの絨毯が敷かれている部屋。どれくらいの広さなのか。どんな家具がどんな配置で置かれているのか、和室なのか洋間なのか、何も知ることのできない部屋。居間の隣に、あるいは奥にある部屋というのは、一般的にどんなふうに使われるものなのだろう。寝室。書斎。子ども部屋。納戸。もしかしたら、衣装室。それから、とくに名づけようのない、これといった目的を持たない部屋。わたしにはそれ以外に部屋というものを思いつくことができなかった。一軒家といってもわたしが住む建売の家と、百坪はゆうにある敷地に建つこの古い家とは何もかもが違う。わたしは、あの老女のことを思いだした。ほとんど白くなった髪を後ろで束ね、まるくなった背中でカートにもたれるように家の周りをゆっくりと歩き、そして落ちてくる藤の花びらを、時間をかけて丁寧に掃き集めていたあの老女。彼女はこの家のどこで、毎日を過ごしていたのだろう。

　考えてみれば、わたしは老女のことを何も知らなかった。名前はなんだった？　表札を見たことはあっただろうか。思いだせない。彼女は何歳だったのだろう。八十歳、いや、もしかしたら九十歳近かったのかもしれない。老人の年齢というものが、わたしにはわからない。そういえばたまにひとりの女性が出入りしていたけれど、でも彼女はおそらく老女の娘とか、たとえば姪《めい》とか、そのような関係ではなかったように思う。ビニルの買い物袋を下げて門を出入りするその姿には、どこか他人の家に入って出てゆくという独特の行儀のようなものがあった。好意なのか仕事なのか、知りあいなのか業者なのかはわからないけれど、定期的に家に通い、老女の生活の補助をするような関係だったのじゃないかと思う。

　それにしてもあの老女はこんな一軒家でいつから一人暮らしをしていたのだろう。わたしがここへ越してきてからはもうひとりだったはずだ。ひとりで住むには明らかに大きすぎる家に——そう、こんな大きな家に、と考えたところで、この家がそもそもどんな外観をしていたのかが思いだせないことに気がついた。六年ものあいだ斜め向かいに住んでいてその姿をずっと目に入れてきたはずなのに、解体されるまえのこの家がどんなだったのかがまるで記憶にないのだ。たとえば、屋根は何色だった？　思いだせない。

　思いだせるのは塀だ。赤茶色の、よくある煉瓦塀。そして塀の内側に植えられた藤の木だ。美しい色をしていた。いくつもの花房が垂れ下がっているのをキッチンの窓から眺め、そして買い物の行き帰りにわたしは何度も見あげていたのだ。玄関はあっちの通りのほうだ。そう、ちょうどあの女が立っていたあたりに、錆の浮いた鉄製の大きな門があった。たしか、その横には古い看板がかけられていた。子ども向けの英語塾の看板で、ずいぶん昔のものだ。長いあいだ雨風に傷《いた》んできたせいでペンキはあらかた剝《は》げ落ちて判読するのは難しかったけれど、たしかそこには外国人の教師の名前が大きなカタカナの文字で書かれていた。そしてもうひとつ、日本人女性の名前もあった。買い物の帰りに一度、わたしは眺めるだけでなく注意してそれを読んだことがある。＊＊先生が教えてくれます、と誇らしげな文章が添えられていたことを覚えている。でも、肝心の名前が思いだせない。あれは老女の名前だったのだろうか。

わたしは数人の子どもたちに英語を教える、まだ若い時分の老女を思い浮かべてみた。真っ暗な闇の中でわたしの想像は不思議なくらい鮮やかで生々しい。歳は三十半ばあたりだろうか。艶《つや》のあるたっぷりとした黒い髪をやはり後ろで束ね、子どもたちの机に手をついてノートを覗《のぞ》き込み、間違いがないかをみている。「なんてひどい雨でしょう。遠足は延期になりました」「あそこで笑っているのは、あなたのお姉さんですか？」。またあるときは、外国人の女性教師が舌の動きがよく見えるように大きく口をあけて、単語を発音してみせる。Seal. Owl. Umbrella. 小学校にあがったばかりの子どもたちが復唱する。外国人教師はにっこり笑って、次の単語を読みあげる。彼女は老女よりもいくつか年上で、健康的な赤みのさす白い頬に、はっきりとしたふたつのえくぼが見える。光の加減によっては白にも見える金色の髪は短くカットされ、彼女は小柄な老女よりも十五センチも背が高い。教室に出て子どもたちに教えるとき、老女と外国人教師は、素材はなんであれ黒いブラウスを着ることにしていた。べつにそうしようとふたりで決めたわけではなかったけれど、それはいつからか自然な約束事になっていた。

　午前十時に外国人教師は家にやってくる。まずふたりで熱い紅茶を飲み、その日の授業内容についての確認をする。子どもたちの個別の成績について検討し、数週間かけて作成していた新しい問題集について話しあう。それから台所のテーブルで向かいあって昼食を食べ、他愛のない話をして笑いあう。昼食は老女が素麺《そうめん》を茹《ゆ》でることもあれば、外国人教師が簡単なサンドイッチを持ってきてそれを食べることもあった。ふたりで食器を片付けたあと外国人教師は居間でよくレコードを聴いた。その日は、いちばん好きな曲を持ってきたのでちょっと聴いてみないかと老女を誘い、大切に取りだしたレコード盤をターンテーブルに載せて、そっと針を落とす。ふたりはベルベット生地の小さなソファにそれぞれ腰掛けて、ベートーヴェンを聴く。ピアノ・ソナタ三十二番、第二楽章。ベートーヴェン最後のピアノ・ソナタ。老女は目を閉じる。それを弾いている女性ピアニストの生い立ちや曲について話す外国人教師の小さな声に肯きながら、老女は胸の中に暗くて幸福な、最後の灰色の曇り空がどこまでも広がっていくような言葉にならない感覚を味わっている。もう一度聴かせて。声が漏れる。再び針が落とされる。それからふたりは数えきれないほどくりかえし、その曲を聴くことになる。最後の一音が去ってしまうと、ふたりは二階へ戻り、学校が終わって子どもたちがやってくるまでのあいだそれぞれに事務作業をする。呼び鈴が鳴り、子どもたちの声がする。ふたりは笑顔で迎え入れ、発音し、文法を教える。

子どもたちは概《おおむ》ね静かで、ふざけることなく鉛筆を持ち、ノートに文字を書きつけている。窓際に座った女の子がときどき外を見やるだけで、ほとんどの生徒はみな行儀よく、ふたりの先生の話を聞いている。二階の硬い床張りの大きな洋間が教室として使用されており、女の子と男の子の数はおなじくらい。時間と曜日によってクラスが分けられていて、土曜日の午後は小学校高学年の子どもたちがやってくる日だ。洋間の窓の外には人がひとり立てるかどうかくらいの華奢《きゃしゃ》な造りのバルコニーが巡らされていて、女の子はいつかそこに出てみたいとぼんやりと考えている。暖かな日にはどこからか猫がやってきてバルコニーにできた金色の陽だまりのなかに寝そべり、足をひろげてお腹《なか》に顔を沈め、あちこちを丹念に舐めているのを見ることもあった。大きな黒猫だ。女の子は右手の親指と人差し指と中指の三本をつかって、猫の手と足のかたちを真似《まね》てみる。What colour is the flower? 先生に名前を呼ばれてあわてて例文を読みあげ、つぎにバルコニーを見たときには、もう猫はいなくなっている。

この子どもたちの中に、老女の子どもはいたのだろうか。いない気がする。老女は十年ほどまえにこの家で父を看取《みと》ってから、おそらくずっとひとりでこの家に住んでいる。母親はいない。戦禍を免れたこの家で老女は父に育てられ、母親がいないことを除けば恵まれた環境で申し分のない教育を受け、そして結婚はしないままここまで来た。何度か見合いはしたかもしれないが、どれも合意にまでは至らなかった。口さがない近所の人たちや親戚《しんせき》たちがこそこそと陰口を言っていることにうんざりしたが、それ以上に老女は結婚をしないでいられることに心の底からほっとしていた。父親もそのうち何も言わなくなった。老女は英語が好きで、十五歳になる頃には易しいものなら原文で小説も読めるようになっていた。大学ではイギリス近代文学を専攻し、彼女が夢中になったのはヴァージニア・ウルフだ。辞書を片時も離さず難解なウルフの文章の息遣いと、それらが編みあげる、一度としておなじ影を落とさない美しい模様を苦労して、何年もかけて読み込んでいった。老女は、彼女が生きてそしていなくなったイギリスという国へいつか行ってみたいと夢みていた。ロンドンの雑踏、彼女の怒り、失望、誰も入ることのできない彼女自身の庭、そして彼女と彼女から生まれるはずだった言葉たちを一緒に沈めてしまったウーズ川。ある日、小さな読書会で老女は外国人教師に出会う。外国人教師は自分が生まれ育ったチェルムスフォードの町の色々な話を老女に聞かせる。それからもちろんロンドンの話も。空襲、ウェストミンスター大聖堂、セント・ジェイムズ公園にある噴水の光りかた、エリザベス二世の戴冠式《たいかんしき》、ロンドン橋にまつわる呪《のろ》いの話、そしてある時間帯になると大英博物館のあたりに漂う馬たちの匂い。ふたりは意気投合し、色々なところへ一緒にでかけるようになる。ふたりが親友になるまでにそんなに時間はかからない。そして父親が死んで老女以外には誰もいなくなった家で一年後、英語塾を開くことにする。

　藤の木はもちろん、老女が生まれる前からこの家の庭にあった。毎年たくさんの花をつけ、薄い桃色に、紫に、まるで明け方の夢をそっと吹き込むように房はやさしくふくらんだ。春になると、老女と外国人教師は授業のあいまによく縁側にふたりで並んで、藤の木を見あげた。Wisteria, 外国人教師は、ふと藤の花房と自身のあいだの空白に呼びかけるように呟くことがあった。そしてある日、おなじようにふたりで藤の花を眺めているときに、きみのことをウィステリアと呼んでもいいかと老女に尋ねる。

「いいけれど、どうしてウィステリアなの」

「わからない」外国人教師は微笑《ほほえ》んで言った。

「ただ、きみの本当の名前はウィステリアなんじゃないかと思ったんだ」

「本当の名前？」

「うん。人にはみんな本当の名前というものがあって、わたしにはそれがわかるんだ。しばらく一緒にいるとね、その人の顔の真ん中からある日とつぜん名前がやってくる。きみがウィステリアだってことはすぐにわかった」

「日本人でも？」

「名前と見かけは関係がない」外国人教師は言った。

「その藤の木はどう？　わたしの名前に関係はある？」

「それはあるかもしれない」外国人教師は眩《まぶ》しいものを見つめるように、目を細めて老女を見た。

「きみたちは見分けがつかないくらい、よく似ているから」

ウィステリア、と頭の中で小さく呟いてみる。ウィステリア。日本語の名前とはまるで違うその響きがとても心地よく感じられて、老女の頬は赤くなる。今度は口に出して言ってみる。ウィステリア。歯と舌の隙間から滑りでるその名前は、老女の胸を静かに高鳴らせた。ウィステリア。外国人教師はうれしそうに微笑んだ。

　藤の木の根っこのすぐそばにあるひょうたんのかたちをした池には、そんなに大きくない数匹の鯉《こい》が泳いでいる。水面はきらめき、風に揺れ、それを見つめていると今はもう思いだすことのできない記憶の柔らかな部分にそっと手をふれているような気持ちになれた。風の強い日には降り積もる花びらで水面は真っ白になり、ふたりは網を使って幾度となく掬《すく》いあげなければならなかった。

　それが三度目を迎えたある春の午後、外国人教師が縁石のうえでバランスを崩し、とっさに手をつかもうとしたウィステリアも一緒に池に落ちてしまう。池の中で座り込んだお互いの姿を見てふたりは大きな声で笑いあった。ずぶ濡れになって衣服の張りついた全身は花びらにまみれ、柔らかに光る髪の先からは水が滴《したた》り落ちている。楽しそうに笑っている外国人教師を見つめながらしばらくウィステリアも笑っていたけれど、その笑顔を見つめるうちに、これまで知らなかった感情が彼女の胸にやってくる。苦しさとも切なさとも、悲しさとも違うそれをなんと呼べばいいのかわからない影がやってきてすべてを覆《おお》い、ウィステリアは目のまえのきらめきから思わず目を逸《そ》らしてしまう。その夜、誰もいなくなった教室に入り、ウィステリアは外国人教師の椅子《いす》に座ってみる。背もたれにかかったままの黒いカーディガンの肩のあたりを撫《な》で、それから腕を入れて羽織ってみる。両腕を抱きしめるように机にうつ伏せると、ウィステリアはそのまま動けなくなる。ひとしきりの時間が経って顔をあげると、マグカップが見える。手にとって、しばらくそれを眺めてみる。そしてゆっくりと口をつけ、彼女が残した紅茶を飲みほす。

　本場の先生が本当の発音で教えてくれる——この英語教室の評判は年々あがり、このあたりに住む裕福で教育熱心な母親たちはこぞって自分たちの子どもを通わせたがった。ウィステリアにとっても子どもたちはみんな可愛《かわい》かったし、やりがいもあった。何年かするうちに塾としての機能もしっかりと整い、外国人教師のコネクションで何人かの生徒の留学の世話をすることもあった。生徒たちの英語力も目にみえて高くなった。生徒の数が増えるにつれ何かと手狭になり、そろそろ新しいクラスを増やそう、新しい教師を雇い入れようと、ある日外国人教師はウィステリアに相談を持ちかけた。ふたりじゃだんだん無理になってきたよ。けれどウィステリアはそれを断った。穏やかで、何事も受け身でやってきた彼女の思いがけないその反応に外国人教師は少なからず驚かされたけれど、彼女はウィステリアの意見を尊重することにした。いいよ、わかった。塾は大きくしないでこのままやっていこう。今までどおりに。ウィステリアは外国人教師の言葉に涙が出るほど安堵《あんど》した。

仕事を終え、外国人教師が家を出るのはだいたいいつも夜の七時頃だった。ときどき一緒に家で夕食を摂《と》った。ウィステリアが外国人教師を送りがてら、ふたりで駅前の蕎麦屋《そばや》で食べるということもあった。けれど、どんなに遅くなっても外国人教師がそのまま家に泊まっていくことはなかった。家の玄関か駅の改札で、ふたりは必ずその日のうちに手を振って別れた。外国人教師が明日またやってくるまでの十数時間と少しが、ウィステリアにはだんだん耐え難いほど苦しいものに感じられるようになっていった。

教室の掃除をし、台所で食器を洗い、寝支度を整える。居間を出て、一階の廊下の突きあたりにある部屋がウィステリアの寝室だ。布団《ふとん》に仰向けになった彼女は、そこで何度も眠れない夜を過ごす。南向きでいつも朗らかな陽のあたる庭や居間と違って、北の方角にあるこの部屋は昼間でも青っぽい影の中にあるようで、夏の盛りにあってもどこかひんやりとして涼しく感じられる。そして夜はいつも長い。いま隣に彼女がいてくれたらどんなにいいだろうと思わない夜はなかった。電気を消して、何も見えない闇の中で仰向けになって、静かに呼吸をくりかえす。「沈黙が落ちる、落ちつづける、わたしはすっかり溶けてしまってかたちを失い、他人との区別がほとんどつかなくなっていく」。ウィステリアはふいにやってきた言葉を見つめて、暗闇の中で瞬きをする。これは誰の台詞《せりふ》だった？　そしてつぎの言葉がやってくる。「この沈黙の中にいると」――ああ、ウルフ。永遠に押し寄せて、しかし二度とは戻ってくることのない、彼女の波。「この沈黙の中にいると、葉っぱ一枚も落ちず、一羽の鳥も飛び立たないような気がする」。そして彼女の登場人物は囁《ささや》く。「奇跡が起こったみたい」。ウィステリアは今、たった今、玄関の呼び鈴が鳴らされることを、ほとんど祈りと見分けのつかないちからを込めて想像する。彼女は急ぎ足で部屋を出て玄関へ向かう。ドアを開けると外国人教師が立っている。忘れ物をしたんだといって困ったように笑う。ウィステリアは外国人教師の手をとって部屋の中に招き入れる。はじめて愛する人の体に触れていることに彼女はほとんど泣きだしてしまいそうなほどの恍惚《こうこつ》を感じている。ウィステリアのその喜びはこの夜の中で呼吸をしているもの、していないもの、そのすべての輪郭を音もなく震わせる。そしてふたりはもっと静かに体をあわせる。ウィステリアはゆっくりと手をのばす。息を飲みこんで、まっすぐに手をのばす。でもその指先が触れるのは、独りきりの部屋に満ちた暗闇に、孤独にひしめきあっている体温のない粒子でしかない。

　呼び鈴が鳴らされることはない。奇跡は起こらない。

　何事もなく毎日は過ぎる。しかしウィステリアが夜の苦しさから解放されることはない。寝室で仰向けになり、お腹のうえに手をのせて眠りが彼女をここではない時間から連れ去ってくれるのを待っている。でもウィステリアの目は冴《さ》えたままだ。そのことを思いしらせるように、彼女の喉《のど》の奥から微《かす》かな吐息とともに涙が幾度となくこみあげる。ウィステリアはその熱の中で、その日、昼食のあと生徒たちが来るまでのあいだに外国人教師と散歩したことのひとつひとつを思いだす。神社まで歩き、小川にかけられた小さな石橋を渡り、猫の額ほどしかない公園のベンチでラムネを飲んだ。まだ歩きはじめたばかりの子どもが若い母親と父親に連れられてやってきた。若い夫婦の顔は外国人教師を見ると好奇心に色づき、照れたのと驚いたのが一緒になったような表情をした。子どもを遊ばせているあいだも金色の髪をした外国人が気になるようで、ちらちらとこちらを見ていた。

暗闇の中でウィステリアはお腹に置いた手にちからをこめる。瞬きをくりかえす。このとき彼女の年齢は三十八歳。わたしが子どもを産むことはなかった。そうはっきりと言葉にして思ったのはこのときが初めてだった。そして今さらそんなことを思う自分のことをウィステリアは少し滑稽《こっけい》にも感じた。男性と交わったことはおろか手を触れたこともなく、恋愛感情を抱いたこともなく、また望んだことも望まれたこともない人間がそんなことを思うのが、なんだか可笑《おか》しかったのだ。

けれどもその夜は、子どもというものをめぐる想像がウィステリアを捉《とら》えて離さなかった。赤ん坊を産むというのはどんなことなんだろう。お腹に手をのせたまま彼女は暗闇の中で考えた。この中で、自分の体の中で、赤ん坊が大きくなっていくというのはいったいどんな感覚がするものなのだろう。ウィステリアには少しの想像もつかなかった。どれくらい痛いのだろう。どれくらい怖いのだろう。そしてそれは、どれくらい幸せなことなんだろう。そんなことを考えながら暗闇を見つめていると、どこからかかすかな声が聞こえてくる。それは赤ん坊の泣き声で、ウィステリアは縁側の陽だまりのなかにいて、太陽の光の下ではほとんど白色に見える外国人教師とおなじ髪をした、小さな赤ん坊を抱いている。ウィステリアには、まだ皺のたくさんついた小さな手を口のあたりで握りしめたその赤ん坊が、外国人教師と自分の赤ん坊であることがすぐにわかる。彼女とわたしの赤ん坊だ。どこからやってきたのか、どのようにしてここへ来たのかはわからない。でもそれがふたりの娘であることがわかる。誰が産んだのかもわからない。でも彼女はわたしたちの娘なのだ。柔らかな風が吹く。胸の底から愛しさがこみあげる。わたしたちの娘。ウィステリアは穏やかに眠る赤ん坊の顔をひとしきり見つめたあと目を覚まさないように籠《かご》のなかにそっと戻し、自分も午睡の暖かなまどろみに横たわる。目を覚ます。赤ん坊はいなくなっている。籠の底には重ねて敷いたタオルのくぼみだけが残されて、叫び声をあげた瞬間、彼女は自分がさっきよりもさらに暗い闇の中で仰向けになっていることに気がつく。いつもの部屋で、いつものように独りきりで。

　心臓の鼓動にあわせて涙はあふれ、それは生きている糸のようにこめかみを這って後頭部にまわりこみ、首にからみついてウィステリアの息の根を止めようとする。

彼女は暗闇の中で嗚咽《おえつ》する。そして思う。あんな赤ん坊はどこにもいない。この世界のどこを探したって、あの赤ん坊は存在しない。わたしたちの赤ん坊はどこにもいない。存在することは絶対にない。そんなことは絶対に起こらない。もし、万が一にもわたしと彼女が愛しあうことが――それだって決して起こることはないけれど、けれどももしそんなことが起きたとしても、しかしわたしたちの娘が生まれてくることは決してない。なぜならわたしは女で、彼女もまた、女だからだ。

　そして外国人教師は去る。イギリスで暮らす母親が病気になり、帰国して彼女が世話をしなければならなくなったからだ。わたしは日本が好きだし、なによりこの仕事が好きだし、向こうが落ち着いたらすぐに帰ってくると外国人教師は言った。そのあいだ、わたしの代わりにここで子どもたちに教えられそうな知りあいを紹介するよ。ウィステリアは静かに首を振って、自分ひとりでなんとかやってみると返事をした。春だった。ウィステリアと外国人教師がここで英語塾を開いてから迎える十度目の春だった。今年もまた藤の花は美しく咲き、いつものようにふたりで縁側に並んで座り、花びらが一枚、また一枚と池の水面や庭の暖かな土を目指してはらはらと落ちてくるのを眺めていた。

「わたしが住んでいた家の庭にも、藤の木があった」

外国人教師が小さな声で言う。

「イギリスにもあるの」

「もちろん。イギリスにも藤の木はあるよ。たくさんある」

ふたりは黙ったまま、藤の木の花を見つめていた。どれくらいふたりがそこにいたのかはわからない。しばらくして、外国人教師はまっすぐに藤の木を見あげたま、わたしには子どもがいたんだ、とウィステリアに告げる。ウィステリアは打たれたように外国人教師の顔を見るけれど、外国人教師は藤の木を見つめたまま、小さな声で話をつづける。

でも今はいない。死んじゃったんだよ。ずいぶん昔の話。もう三十年も前の話。ウィステリアは唾を小さく飲み込むだけで、何も言うことができない。外国人教師は小さく息を吐き、そこではじめてウィステリアの顔を見て、ほんの少し笑ってみせる。生まれつき心臓の弁に問題があったんだ。手は尽くしたんだけれどね。生まれてすぐに異常があることがわかって、長生きはできないだろうと医者に言われた。

そして実際にそうなった。ふた月もしないうちに、死んでしまった。でも当時のことってもうあまりよく思いだせないんだ。

　わたしはとても若かった。若すぎたせいか、それとも自分で理解していた以上に辛《つら》かったせいか、ときどきあれは本当のことだったのかどうかわからなくなる。考えれば考えるほど、わからなくなるんだ。わたしは本当に赤ん坊を産んだんだろうか。もちろんわたしは赤ん坊を産んだ。そしてその赤ん坊は死んでしまった。でも、記憶の肝心な部分、すごく大切なところへ足を踏み入れてそこから先へ進もうとすると、粘り気のある泥土にはまり込んだみたいに、もう一歩だって動けなくなる。苦しみとか悲しみといった単純なラベルがつけられた、中には何も入っていない空っぽの硝子《ガラス》の瓶でも見つめているような気持ちになる。でもひとつだけ、よく覚えていることがあるんだ。わたしがその頃暮らしていた庭には——さっき言ったけど、そこには小さな藤の木があって、キッチンにいるとね、その木がいつも自然に目に入るんだ。赤ん坊が生まれたのは三月の寒い朝で、わたしはその冬から春の終わり頃まで毎日病院に通った。家を出るとき、帰ってきたとき、藤の木はいつもそこにあった。

　春が終わると花はぜんぶ落ちてしまうけれど、ある日、その中でもひとつだけ残っている房があった。まわりが葉だらけになっても、ぽつんとひとつだけ。自分の意志でそこに残っているのか、それともみんなに置いていかれてしまったのか、ひとつだけ残っている房があったんだ。いつ死んでもおかしくない生まれたばかりのわたしの赤ん坊がかろうじて息をしている。小さな心臓が、誰にも聞こえることのない悲鳴をあげながら必死に血液を送りだしている。でも、その一切が止まってしまう時がくる。今日かもしれない。明日かもしれない。それどころか五分後に病院から連絡がくるかもしれない。いつかはわからない。でもそれは必ずやってくる。わたしはひとつだけ残っている房をしばらく眺めたあと、病院へ行くために庭に面したドアを閉めようとした。でもその瞬間——急に何もかもが耐えられないほど恐ろしくなって、動けなくなった。そして喉が切れてしまうほど激しく泣いた。どれくらいそこで泣いていたかはわからない。気がついたらわたしは床に横たわっていて、庭の藤の木のあのひとつだけ残されている房を見つめていた。そして、あれはわたしの赤ん坊なんだと思った。もし赤ん坊が死んでしまったら、わたしはあの房を自分の赤ん坊として、そうやって生きていくんだと思った。意味がわからないでしょ？　わたしにもわからなかった。でも、はっきりそう思ったんだ。赤ん坊が死んだら、わたしはここから見えるあの最後の房を、あそこでひとつだけ、淋《さび》しそうにぽつんと咲いている房を、きっと毎年最後まで残るあのひとつの房を赤ん坊として、そうやって生きていくんだと思った。実際はどうだったか？　春になると変わらず藤の花は咲いたけれど、でもあんなふうに最後まで残る房はなかった。あの房は消えてしまって、もう戻ってはこなかった。でも、よく覚えてるんだ。あのときひとつだけ残って咲いていた房のことを。それを見つめてそう思ったことを。それだけは今でも覚えているんだ。

イギリスへ帰った外国人教師から、帰国してすぐの頃は月に二度届いていた手紙もやがてふた月に一度になり、半年に一度になり、そして一年に一度、クリスマスカードが届くだけになっていった。でもそれは不自然なことではなかったのかもしれない。ウィステリアと外国人教師は親しい友人で互いに信頼しあい、十年のあいだ仕事をともにした間柄ではあったけれど、しかし将来にかかわる大切な何かを約束しあうような関係ではなかったからだ。

ウィステリアはひとりで英語塾をつづけていた。四十代を終え、五十代の半ば頃に癌《がん》が見つかり子宮の全摘出手術を受けた。その不安もあって英語塾をやめることも考えたけれど、何かがあって外国人教師が日本に戻ってくることが万が一にもあるかもしれない——そのかすかな可能性のことを思うと、彼女は英語塾をやめることがどうしてもできなかった。外国人教師の机はそのまま残してあった。彼女が使っていたマグカップも、スリッパも、食べ残しの入ったクッキーの缶も、小さな黒板のはしにかすかに残った、チョークで書かれた彼女の白い文字も。

最初は生徒の人数を減らすのに苦労したけれど、次第にそんな必要もなくなっていった。町は日々開発され、住宅が増え、若い人々が移り住んできた。それに比例して教育への関心は高まりつづけ、英語塾や学習塾がそこらじゅうにできたことでおのずと需要が減っていったからだ。ウィステリアはその頃から流行《はや》りだした中学校受験を控えたような小学校高学年の生徒に教えることはやめて、小さな子どもたちに簡単な文法や単語や発音を教えることにした。

ウィステリアは外国人教師に、ときどき手紙を書いた。本当は毎日でも書きたかったけれど、もはや一年に一度カードを送るだけになってしまっている相手の気持ちとのバランスを思うとそういうわけにはいかなかった。十年も一緒にいたのに。ウィステリアはそう思わないわけにはいかなかった。でも十年がいったいなんだというのだろう。十年。外国人教師がイギリスへ帰ってからすでにおなじくらいの時間が過ぎているのだし、ともに過ごしたそれぞれの十年がどれくらいおなじものでどれくらい違うものであったかなんて、彼女自身にもわからなくなっていたのだ。

　ウィステリアはある日、ひとつの具体的な希望を込めて手紙を書く。ほとんど疎《そ》遠《えん》になっていたけれど、ウィステリアはどうしても、もう一度だけでも、外国人教師に会いたかった。彼女は日本へ帰ってこない。そうであれば自分がイギリスへ行くしか方法はないとウィステリアは考えた。でも彼女はこれまで一度も海外へ出たことはなかったし、自分にそんなことができるかどうか自信もなかった。でも、もしこの手紙を読んだ彼女が快くウィステリアの提案を受け入れ、久しぶりだね、どうしている、こちらへ遊びにおいでよと言ってくれたなら、ウィステリアはなんだってできるような気がした。年老いた自分を見られることへの不安もあったが、しかしそれよりも彼女にひと目会いたいという強い気持ちが背中を押した。若い頃に夢みたこともあったイギリス。そして何より、人生でただひとり好きになった人が生きている、かけがえのない場所。自分の年齢を思えば、遠くまで行くのはこれが最初で最後の機会になるかもしれない。何日もかけて、ウィステリアは彼女への手紙を書きあげた。

しかし外国人教師から返事はなかった。ひと月待っても、半年待っても返事はなかった。その年のクリスマスにはカードも届かなかった。何か気分を害することを書いてしまったのだろうか。それとも、あの手紙じたいが迷惑だったのだろうか。あるいは、わたしのことなどもうすっかり忘れてしまっていて、返事をする気にもならなかったのかもしれない。ウィステリアは色々な可能性について思いを巡らせたけれど、当然のことながら外国人教師の気持ちを確かめるすべはどこにもなかった。不安とあきらめを抱いたまま年を越し、冬のいちばん深いところを最後の冷たい風が通過し、やがて春の匂いが流れだしてそれがあたり一面に充満する頃、ウィステリアに一通の手紙が届く。藤の花びらが落ちてくる午後、ウィステリアは縁側に座り、イギリスから届けられたその手紙を読む。それは外国人教師の訃報《ふほう》だった。彼女の同僚だという女性は書いていた。彼女は肺腺《はいせん》がんを患《わずら》い、残念なことにすでに手遅れの状態で、癌が発見されてから三ヶ月もしないうちに亡くなってしまいました。去年の春です。遺言状はありましたが事務的なことがほとんどで、あなたについてのことは書かれておらず、したがってこの手紙もわたしの勝手な判断でお送りしています。彼女が亡くなったあとに届けられたあなたからの手紙を発見したのがきっかけです。さらに遺品を細かく整理していたところ、あなたから送られてきた手紙の束が見つかり、お知らせしておいたほうがいいと思いました。どうかお気を落とさないでください。彼女は苦しまずに天国へ旅立ちました。

　ウィステリアは英語塾を閉め、誰にも会わず、家の中で一日のほとんどを過ごすようになる。朝起きてから簡単に身支度を済ませると、長い時間をかけて家じゅうを掃除した。台所へ行き、使ってもいない鍋や食器を磨き、ほとんど何も入っていない冷蔵庫の中をきれいに拭いた。ちりひとつ積もる間もないのにウィステリアは毎日家具にはたきをかけ、それから畳のうえを箒で掃いた。もちろんちりとりには何も残らない。まるで過ぎてしまった時間の跡を何度も撫でるように、ウィステリアは見えない埃《ほこり》を掃き集めつづけた。固くしぼった雑巾でありとあらゆる場所を磨き、窓も丁寧に磨いた。居間のレコードプレイヤーはもう何十年も布をかけたままになっていて、そばには外国人教師が残していったピアノ・ソナタがたてかけてある。数えきれないほど、そして最後に、ふたりで並んで聴いた曲。ウィステリアはそのかすかに残る響きの中で、来る日も来る日も家の中を掃除しつづけた。でもそれも、体に自由がきいているあいだのことだった。数年が過ぎると、週に一度、食料品の買い出しを頼んでいた女性には二日に一度、様子を見に来てもらわなければならなくなった。ウィステリアは自分の寝室からほとんど出なくなった。布団に仰向けになって、何をするでもなく、ただ時間が流れていくのを見ているだけだった。ときおり、ウィステリアの部屋にどこからか一匹の黒猫が入ってくることがあった。その大きな黒猫は彼女を気にかけることもなく、ゆっくりとした足取りで部屋を横切り、それからどこかへ消えていった。最初に猫が現れたとき、ウィステリアは自分が夢を見ているのかと思った。けれどもすぐに、どちらでもかまわないと思うようになった。

巡ってくる春の数日間だけは、藤の花びらを集めるためになんとか外に出ることもできたけれど、起きあがることが億劫《おっくう》になり、しだいに体をうまく動かせなくなっていった。眠っているとき、起きているとき、ウィステリアの意識はまだらに色づくようになり、変形し、かつてそれらを束ねていたちからはどんどん失われ、自分が今どこで何をしている誰なのか――世界を映しだすことのできるたったひとつの映写機のレンズに彼女はそっと布をかけ、何もない、誰もいない場所へとひとり歩いていくことが多くなった。それでもときおり懐《なつ》かしい場所で目を覚ますこともあった。公園のベンチで飲んだラムネの甘さ。初夏の太陽にきらめいていた厚い水色の硝子瓶。呼び鈴が鳴る。知りあいの材木屋に頼んでいた看板がようやく完成して運ばれてきたのだ。門の横にふたりの名前がかかり、ウィステリアは面映《おもはゆ》くてなかなか看板を見ることができなかった。素晴らしい。胸のまえで腕を組んだ外国人教師がうれしそうに笑う。その横顔を見てウィステリアも笑う。うれしくて、誇らしい気持ちに目を細める。子どもたちの声。先生、と呼ばれて、なあに、と返事をした日々。Seal. Owl. Umbrella. 駅までの道のり。雨の匂い。マグカップの模様。白にも金にもみえる髪。池の水面に降り積もる花びら。笑顔。

そしてまた、暗闇は容赦なくウィステリアを苦しめる。あの日、外国人教師の死の知らせを受け取った日が、ほとんど無限にくりかえされる。春の日。両手で便箋《びんせん》を小さく広げ、その文字を読んだ瞬間に、強く、大きな風が吹く。それはまるでいくつもの小さな嵐《あらし》を凝縮したような風で、藤の木はしなるように大きくゆれ、花びらはいっせいに解き放たれる。吹雪のように花びらが散るなかでウィステリアは外国人教師の死を知る。そして彼女がいなくなってしまってから幾度となくウィステリアを訪れるひとつのイメージが、ふたたび彼女に囁きかける。暗闇の中で首をふり、逃れようとしてもその囁きはどこまでもウィステリアについてくる。彼女の赤ん坊。生まれてすぐに死んでしまった、彼女の小さな赤ん坊。彼女の赤ん坊が死んだのは、死んでしまったのは、わたしが彼女との赤ん坊を望んだからだ。ウィステリアは暗闇の中で目を見ひらく。そう、彼女の赤ん坊が死んだのは、わたしが彼女との赤ん坊を望み、そしてこの腕の中でしっかりと抱いてしまったからだ。許されないことを想像してしまったからだ。もちろんそんなことは理屈としては通らない。彼女の赤ん坊が死んだのはウィステリアと外国人教師が出会う遥《はる》か昔のことなのだし、そのふたつがどんなかたちであれ結びつくことは、現実にはありえない。しかしウィステリアにはわかっていた。あのとき、自分が彼女との赤ん坊を望んだせいで、彼女の赤ん坊は死んでしまったのだ。抱いてはいけない感情を彼女に抱き、存在するはずのない赤ん坊の白い髪を撫で、その柔らかな頬に顔を近づけてそっと息を吸い込んだ。おだやかな陽射しにそよぐ産毛《うぶげ》を見つめ、信じられないほど小さいその手に自分の指を握らせた。存在することのない赤ん坊をわたしは強く望み、抱きしめ、そして彼女は彼女の赤ん坊を失ってしまったのだ。強い風が吹く。どうかお気を落とさないでください。彼女は苦しまずに天国へ旅立ちました。風が吹き荒れる。まるで世界中の風がウィステリアをめがけてやってくるみたいに、強く、鋭く吹きつける。どこからも、どこまでも、風は彼女に向かってやってくる。藤の木はゆれつづけ、荒々しい濃霧のように、何もかもを一瞬で飲みこんでしまう大きな波のように、花びらが渦になってウィステリアを巻き込む。そしてすべてを覆い尽くす。何も見えない。息ができない。暗闇の中、息を引き取る瞬間に彼女は思う。仰向けになったまま、微《かす》かに上下する胸にしなびた手を置いて、ウィステリアは最《さい》期《ご》に思う。

わたしは最初からここにいたのだ。こんなふうに、ずっと、ここに。

6

目を開けて、ゆっくりと瞬きをくりかえした。そして何秒間かをかけて胸の中にある息をすべて吐ききると、さらに時間をかけて息を深く吸いこんだ。

体は重く、手足にちからが入らなかった。こめかみが疼《うず》いて腰にははっきりとした痛みがあった。どれくらいの時間ここで仰向けになっていたのかわからない。見当もつかない。体が痛い。発熱する直前の特徴的な痛みだ。背中に悪寒《おかん》が走り、吐く息がさっきよりも熱くなっていた。起きあがるためにまず体のどこにちからを入れるべきなのか、それすらもわからなかった。

けれどわたしの意識は奇妙なほど冴えわたっていた。それは初めての感覚だった。瞬きするごとに目のまえを覆っている暗闇の表面にひびが入り、まるで雛鳥《ひなどり》が内側から卵の殻を破るようにそこから想像したこともない色と質を持った新しい闇が生まれてくるんじゃないかという気さえした。

わたしは発熱していた。急な階段を駆けあがるようにやってきた寒気に全身が震えるほどだった。口を開けると奥歯が音を立てた。寒い。そして全身が軋《きし》むように痛い。ゆっくりと体を起こし絨毯に座り直して肩をさすっていると、わたしはあることに気がついた。暗闇の質が変化していたのだ。この部屋に入ってから今まで、ここには何も見ることができないほどの深い闇が満ちていた。ここではわたし自身が暗闇であり、暗闇もまたわたし自身だった。けれど今は違っていた。闇は変質し、青みがかった影としてわたしを、わたしの腕や太ももや足を浮かびあがらせていた。

どこからか、光がやってきたのだ。

どんなふうに家屋を出て、瓦礫が積みあがるぬかるんだ敷地を歩いて家に着いたのかわからない。雨の匂いがすると思ったと同時に、雨が降っていることに気がついた。大きな無数の雨粒がわたしの体を打ちつづけた。玄関でスニーカーを脱ぎ捨て電気もつけずに階段をあがり、キッチンへ行って食器棚からグラスを出し、水道水をたてつづけに二杯飲んだ。タオルで顔を拭き、髪からしたたる水滴をおさえた。体の震えが止まらなかった。わたしはしゃがんで流し台に背をつけ、折り曲げた膝のうえに額を乗せて息を吐いた。悪寒はさらにひどくなっていた。手足の関節と全身の筋肉が鳴るように痛み、震えの中でわたしは自分自身を抱えるようにひたすら肘をさすりつづけた。できればそのまま倒れてしまいたかったけれど、床は硬く、冷たかった。わたしは腕をのばしてシンクをつかみ、膝にちからを込めてゆっくりと立ちあがった。

「こんなに遅くまでどこにいたんだよ」

夫の声だった。わたしは荒い呼吸をくりかえしながら、声のほうを見つめた。リビングのソファには暗く沈んだ人影があり、そこに夫が座っているのがわかった。シンクにもたれかかるように体重をのせたまま、わたしは暗闇にぼんやりと浮かびあがる夫の影を見つめていた。夫もわたしを見ているようだった。なぜ夫は、わたしを見ているのだろう。いや、そもそもなぜ夫がここにいるのだ？　一瞬そのことが頭をよぎったけれど、しかしそんなことはもうどうでもよかった。夫はただ暗闇にぼんやりとした影の塊としてそこに浮かんでいるだけだった。それをじっと見つめているうちに、そもそも夫がどんな顔をした人間だったのかもあやふやになっていった。どんな背格好で、どんな髪型をして、どんな声をしたどんな男だったのか、だんだんわからなくなっていった。この男は誰なのだ？　この影はどうしてわたしに話しかけているのだ？

「答えられないの？」

夫が立ちあがる気配がして、影がゆっくりとこちらに近づいてくるのがわかった。影はドアのほうへゆっくりと移動し、次の瞬間、照明がつけられた。キッチンとリビングのすべてが発光し、わたしは思わず顔をそむけて固く目をつむった。眩しさが容赦なく目を刺し、しばらくそのままの姿勢で動けなかった。ちからを込めた瞼の裏はだんだん赤く変色し、わたしは小さく瞬きをくりかえして照明の光に目を慣らそうとした。けれども何度瞬きをしても照明は鋭いままで、わたしは首を深く折りまげ、両肘を強く握りしめていた。

「なんだよ」

かすかに聞こえた声が震えているような気がして、わたしは顔をあげ、薄く瞼をひらいてみた。ずっと目をつむっていたせいで視界は滲《にじ》み、しっかりした像を結ぶまでしばらく時間がかかった。夫はじっとわたしを見ていた。

「なんだよ、それ」

夫の視線を追ってわたしは自分の体を見下ろした。

雨に濡れたわたしの体には、無数の白いものがひしめいていた。

腕にも胸にも、お腹にも太ももにも、ふくらはぎや足の甲にまでも張りつき、それはまるで鱗《うろこ》のようにわたしの全身を覆っていた。それは藤の花びらだった。ところどころに薄く色が残る、それは藤の花びらだった。指のはらほどのその一枚一枚は柔らかく湿り、小さくふくらみ、たった今、枝から離れてきたばかりなのだというように、生きたままわたしの体に張りついていた。首にも、肩にも、藤の花びらは降り注いでいた。わたしは目を閉じて息を吐き、両手でしっかりと胸を押さえた。花びらは、わたしの鼓動と重なりあうように、そこでたしかに息をしていた。

「何があったんだよ」

夫は見たことのないものを見るような目でわたしを見ていた。声は震え、表情は硬くこわばり、無意識のうちに後ずさりをして棚にぶつかったことにも気がつかないみたいだった。わたしは夫の顔をまっすぐに見た。瞬きもせずに凝視した。これまで威勢よく動きまわってきた口元の皮膚はだらしなく垂れ下がり、媚《こ》びとも怯《おび》えともつかない目は不安にゆれていた。この男は、こんな顔をしていたのだ。

「おまえ、誰なんだよ」今にも消え入りそうな声で、夫は言った。

「知らない」わたしは言った。

「もう、あなたとは関係がない」

そのままリビングを出て、階段を降りて寝室に入った。カーテンに映る紺色はさっきより少しだけ明るさを増したようだった。まだ震えている肩をつかむように抱き、わたしはベッドのうえに仰向けになった。

吐く息は熱く、雨は降りつづけていた。さっきよりもさらに強く外壁や窓を雨粒が激しく打ちつけ、強い風にしなる木々が葉をぶつける音が聞こえていた。やがて、そこに別の何かが混じっているのに気がついた。それはかすかな音だった。注意深く耳を澄まさなければすぐに見失ってしまいそうな、それはとてもかすかな音だった。けれどもその音はわたしを求めていた。雨風や明け方の青さや匂いのずっと奥のほうからまっすぐにわたしを見つめ、わたしに聞かれることを、その音はたしかに求めていた。わたしはその音を見失わないように耳を澄ます。鐘を打つように軋みつづける痛みの中で、わたしは必死に耳を澄ます。細い糸のように震えながら、途切れながらまっすぐにわたしを求めているそれは、どこか遠くにありながら、しかしすぐそばから聞こえてくる音なのかもしれなかった。瓦礫のすきまから、粉々に砕けたガラスの破片から、切り倒される木の裂け目から、あるいはわたし自身の中から。

この作品は二〇一八年三月新潮社より刊行された。

ウィステリアと三人《さんにん》の女《おんな》たち

新潮文庫 か－64－4

令和三年五月一日発行

著者 川《かわ》上《かみ》未《み》映《え》子《こ》

発行者 佐藤隆信

発行所 株式会社 新潮社

郵便番号 一六二―八七一一
東京都新宿区矢来町七一
電話 編集部(〇三)三二六六―五四四〇
読者係(〇三)三二六六―五一一一
https://www.shinchosha.co.jp

価格はカバーに表示してあります。

乱丁・落丁本は、ご面倒ですが小社読者係宛ご送付ください。送料小社負担にてお取替えいたします。

印刷・大日本印刷株式会社 製本・加藤製本株式会社

ISBN978-4-10-138864-9 C0193